フラワー・チャイルド

Flower Child

西尾 潤

角川書店

フラワー・チャイルド
Flower Child

西尾潤
Jun Nishio

角川書店

目次

装丁　二見亜矢子

プロローグ

「ハロー！　ウェルカムトゥダ、サイキック、ナイトショウ〜」

湿った丘の上で、声が響いた。月光が霧に溶けている。

青いサングラスをかけた背の高い少年が立ち上がり、胸を張って両手を大きく広げた。

さっき会った人気司会者のように、高いキーでそう叫び、濡《ぬ》れた芝生の上でターンステップを踏む。

咲いていたマグノリアの花びらが風に揺れた。

ベンチに座っている少女と、巻き毛の少年が笑った。

「ものまね、超上手ね」と、少女が言うと、

「今、俺のことかっこいいな、って思ったでしょ」とウィンクをした。

少女は眉間《みけん》にしわをよせて、「まあね」と、わざと難しい顔を作った。けれど堪《こら》えきれず、すぐに吹き出して笑った。

巻き毛の少年は、暗い木々の向こうに広がる光景に釘《くぎ》付けになっていた。

「オレンジ色の灯《あか》りん上にある紫の光。めっちゃ、きれいな」

少女は開かれた大きな瞳《ひとみ》をそちらに向けた。

背の高い少年もサングラスを頭の上に載せて、マグノリアの向こう側を見つめた。

三人の瞳の中には、小さい光がいくつも煌《きら》めいている。

暗闇のベンチに並び、もやに浮かぶライトアップされた橋に魅入られていた。

世界一美しいとされる吊《つ》り橋だ。

賛美歌が聞こえてくるような厳《おごそ》かさ。かたや、何かを慰《なぐさ》めているような佇《たたず》まい。

天から遣《つか》わされたように光る赤い橋に、三人は目を細める。

少女がそこに手をかざした。

橋を摑《つか》むように。

背の高い少年は右手をチョキにしてかざした。

ハサミで橋を切るように。

続いて巻き毛の少年は、吊り橋の塔の先を指先でつまんだ。

橋をつまみ上げるように。

輝く大きな橋を手中で弄《もてあそ》ぶと、少女はたまらなくおかしくて嬉《うれ》しくなった。二人のヒーローと一緒に、今、ここにいることは、この先、忘れることはないだろう。

背後から、誰かの親が自分たちを呼んだ。

まだ帰りたくないなと、少女は呟《つぶや》いた。

この、ふわふわと自分達の間を繫《つな》ぐもやの中で、もっと遊んでいたい。

早く大人になれば自由になるのかな、と思いながら返事をした。

「アイム　カミング」

少女は答えた。

第一章　東京

1

「あかん。アホか……」

祭実理科《まつりみりか》は今日、人生で一番わからない女は、自分なのだと知った。

さっきまで漂《ただよ》っていた線香の煙はいつの間にか消えて、部屋には白檀《びゃくだん》の香りだけが残っている。

実理科は最後に年配の親戚《しんせき》縁者を送り出した後、へたり込むように参列者用の椅子へと腰掛けた。

目が乾いて、瞬《まばた》きが止まらない。

握っていた数珠《じゅず》とハンカチを隣の座面に置いて立ち上がると、控え室へ入り、充電していたスマホの画面を確認した。

小さくため息を吐く。欲しい連絡は届いていない。

唇を結んで待ち受け画面をじっと見つめてから、おもむろに鈴木啓太《すずきけいた》の名前を表示させる。

発信ボタンに触れようとして、動きを止めた。

やっぱりダメだ。やめておこう。

柔らかい、啓太の笑顔を頭に浮かべると、思わず顔の筋肉が緩むのがわかった。

会いたい。声を聞きたい、と思った。

でも今話しても、きっと弱音や愚痴しか出てこないだろう。

そんな自分を見せて嫌われるのはいやだ。今の状況を話したところで、きっと困らせるだけだ。

心の半分ほどは、現状の実理科を知った啓太が、心配をしてすぐさまここに駆けつけてくれることを望んでいるが実際はどうだろう。

果たしてそうなるだろうか。

……いや。ないな。

期待することの九十九パーセントが叶《かな》わないことを、実理科は知っている。もちろん未来の出来事は誰にもわからないことなのだけれど。こと相手のあることは、そううまく望み通りにはいかない。ぜったい。なんなら百パーセント。

期待をしてしまい、叶わなかった時の方がダメージは大きい。臆病《おくびょう》だと思うが、これはかりはしようがない。

祭壇の中央では母、八重子《やえこ》が、トルコ桔梗《ききょう》と百合《ゆり》に囲まれて企《たくら》んだようなキメ顔をこちらに向けている。

まるでこの通夜自体が忘年会の余興コントだと言わんばかりの、思わせぶりの表情。八重子らしい一枚だ。

母の死を目の前に啓太のことを考え、電話を待つ自分が最低で、アホだと思ってしまう。他に考えなければならないことや、やらねばならないことが山ほどあるのに、頭から離れない。

人間は、身近な人の死によって削られた自分を埋めるように、誰かを求めてしまうものなのだろうか。

普通はどうなのだろう。

――普通、ってなんやの？

不意に八重子の言葉が頭の中に蘇《よみがえ》った。

――だいたいの人は、自分の主観で言うてるだけや。解釈が違うねん。

リビングで珍しく一緒にテレビを観ていたとき、ワイドショーでコメントしていた年配の出演者が「普通は……」と、説教くさく話し始めると額にしわを寄せ、大阪弁で捲《まく》し立てた。

話の内容よりも、この言葉に反応していたのだと思う。

――普通は、とかいう人間に限って大した哲学もあらへんのに。

――普通振りかざして、普通教の教祖か。

何か恨みでもあるかのようにくさし続けた。

二十代半ばを過ぎた一人娘に、はみだした人生でも大丈夫だ、頑張れ、という意味で言っていたのか。もしくは、普通などという曖昧《あいまい》な言葉に惑わされるなよ、と伝えたかったのか。はたまた、単に自分がその普通という括《くく》りを嫌っただけなのか――。

料理家だった八重子は、忘年会を年に一度の『感謝祭』だと称し、料理に余興にと仕事そっちのけで力を注いで開催した。その時だけは、普段自室に籠《こも》りがちの実理科を否応《いやおう》なしに駆り出して手伝わせた。

実理科は棺桶《かんおけ》に近づいて、観音開きの小窓を覗《のぞ》いた。

目を閉じた八重子は、よくできた蠟《ろう》人形のように、薄化粧されて肌はつるりと光っている。今にも目を開いて起き出しそうに見えて、実理科は現実を忘れそうになった。つい数日前までは元気に動いていたというのに、それが今は一ミリも動かないなんて、それこそまるでコントだ。

しばらく見つめていると、目の前のすべてを拒否したい気持ちが強く押し寄せ、乱暴に窓を閉じた。

「お腹、空《す》いていませんか？」

声に振り返ると、詩織《しおり》が立っていた。

神田《かんだ》詩織は八重子のアシスタントで、亡くなることになった出張先にも同行していた。ここ三年間で言えば、誰よりも八重子と一緒にいた時間は長かっただろう。

さっきまでの泣き顔からは一転して、いつもの、しっかりとした顔つきに戻っている。

各所への連絡や、八重子の訃《ふ》報《ほう》を誰にどこまで伝えるのかなど、彼女がいなければかなり難航したことは間違いない。実理科より三つ下だったと思うが、年齢は正直逆転しているように思う。

「空いている、といえば空いている気がします」

喉《のど》の詰まりか、答えた声が掠《かす》れた。いつも小さい声がもっと小さくなる。詩織はそんな実理科の声など気にせずに、ハキハキと会話を続けた。

「クリケットチップス、持ってきました」

詩織が赤い袋をエコバッグから取り出した。八重子がプロデュースしたスナック商品で、パッケージには自分たちの気持ちを宥《なだ》めるような、おどけたコオロギのイラストが描かれている。

食と環境問題の繋がりに熱心に取り組んでいた八重子の肩書きは『環境料理家』であった。レシピを考案することはもちろん、講演会やＳＤＧｓのイベントへ駆り出されたり、環境を考えた食品のプロデュースをしたりと、さまざまな仕事に取り組んでいた。

「これ、来週に賞味期限が切れるのが、段ボール三個もあるんですよ」

詩織は慣れた手つきで持っていた袋を開封しながら言った。サワークリームオニオンの匂いが鼻につく。実理科は朝にコーヒーとりんご二切れほど口にしてから、何も食べていないことに気がつき、数枚を口に放り込んだ。

「三箱……ですか？」

「六個入りの小箱、六個が一箱なので、百以上です」

この在庫の話も、実理科は八重子からは一言も聞かされていない。同じ屋根の下に住んでいるとはいえ、ほとんど話すことがなかったので当然かもしれないが。

まあ、頼りない娘に話してもしようがないと思っていたのだろう。

「明日、来場した方々に、これを配りたいと思っています。いいですか？」

確かに、このまま賞味期限が切れてしまうものを何もせずに放っておくのはもったいない。八重子が関わってきた商品を、会葬返礼品と一緒にお渡しするというのはいい考えだ。詩織は気がまわる。

「いいと思います。ぜひ、そうしましょう」

実理科の言葉に被《かぶ》せるように背後でノック音と「失礼します」という声が聞こえた。

葬儀場の女性スタッフだ。黒いパンツスーツで遠慮がちな笑顔をこちらに向ける。

「祭様、ご気分はいかがですか？　落ち着かれましたら、今夜の留意事項などをご案内できればと思いまして」

物腰の柔らかい、落ち着いた声に、実理科は頭を下げた。

通夜といえば、一晩中ご遺体に付き添って、寝ずの番をする「夜伽《よとぎ》」が定番だと思っていたが、最近の事情はそうでないことがここにきてわかった。

地方や宗派によってさまざまだというが、最近では通夜式が終わると家族も帰宅し、ゆっくりと休んで翌日の葬儀に備える。そんな流れが主流なのだと説明された。もちろん遺族の意向で宿泊もできるが、あまりないのだという。

「宿泊部屋は、お隣の部屋となっております。こちらは奥のシャワー室の鍵《かぎ》です」

小さな札のついた鍵を手渡しながら、シャンプーや歯ブラシ、タオル類など備品の説明と、夜間と早朝における施錠の情報を加えた。

「祭壇のロウソクですが、防火の観点から閉館する三十分前の九時には消灯しまして、ＬＥＤのライトロウソクに変えられます。本当の火にこだわる方もいらっしゃいますが、ここはどうかご了承ください」

当施設ではありませんが、過去には夜伽時の火が原因で火事になった例もございまして、と続けた。

ライトロウソクに関して、もちろん異存はない。大きく頷《うなず》いた。

隣で一緒に頷く詩織も今夜、夜伽に付き合ってくれるという。本来であれば、親類でもない詩織に付き合ってもらうのは忍びなかったが、夜伽に参加できそうな従姉妹《いとこ》は遠方で、通夜には間に合わなかった。やはり一人は心許《こころもと》ない。甘えることにした。

スタッフが部屋を後にすると、詩織が振り向いた。

「コンビニに行ってきます。閉館時間過ぎると、朝まで出入りが面倒くさそうですから。車を出すついでに、明日配る分のクリケットチップスもマンションから運んできますね。実理科さん、何か欲しいものとかありますか？」

「うん……」と実理科はしばし考えた。

チップスでなんとなく腹は満たされた。甘いものが欲しい訳でもない。ただ、頭から爪先《つまさき》まで体の内側が鉛のように重たい。

「白ワインが。そうですね。シャルドネがあれば」

八重子はワインが好きだった。一緒に飲んだことは数えるほどしかないが、今夜が最後になる。

――迷ったらシャルドネな。

お気に入りのグラス片手にそう言っていた。

詩織は実理科のリクエストを聞いて、「ですね」と、薄く微笑んだ。きっと同じように思い出したのだろう。

啓太も白ワインが好きだったなと、また彼のことが頭をよぎった。


一人残され、実理科はぼんやりと祭壇前に視線を落とした。

古い家族写真が収まったフォトフレームと、雑誌の一ページが開いて置かれている。そのライフスタイル雑誌は昨年のもので、『環境料理家』という肩書きの横で、遺影と同じ服を着て八重子は笑っている。

遺影の写真はこの時に撮られたオフショットらしく、八重子はその一枚を気に入っていた。自分の遺影にして欲しいと、残されたエンディングノートに挟まっていた。昨夜、遺体が金沢《かなざわ》から東京に戻ってきたあと、八重子の部屋でこのノートを見つけた。

いわゆる遺書にあたるこのノートを、八重子が口にしたことは覚えている。十年前、父が亡くなった時、わからないことだらけで大変な思いをしたからだ。

ちょうどその頃から世間で『終活』という言葉を耳にするようになり、自分が死ぬ時には、周りが困らないように書き残すのだと話していた。

だがそんな会話は昔の話で、ノートが作られていたこと自体に実理科は驚いた。

祭八重子、享年五十七歳。この世にお別れをするには早すぎる。

線香を一本取ってロウソクの火を掬《すく》い、振ってすぐに消した。細い煙がまっすぐに立ち上ると、両脇にある火が大きく揺れた。

――火が揺れる時は、故人の魂が戻ってきてるんやよ。

ママ……？

押し込めている気持ちが、喉元までせり上がって来そうになるのをぐっと堪えた。

出してはいけない。まだ、認めない。

いつかはやって来ることだ。それが思っていたより少し早かっただけだ。

人は順番に生まれてこの世に挨拶《あいさつ》し、うまくいけば、今度は順番にさようならをしていく。至極、当たり前のことだ。

目を閉じて、深呼吸。

軽く吸って、ゆっくり吐く。軽く吸って、もっとゆっくりと吐く。

火が揺れる時に、死んだ人の魂が戻ってきているのだと言ったのは、今はもういない父、秀《ひで》之《ゆき》だ。自身の母、つまり実理科にとっては祖母の夜伽時だった。

安置された祖母が眠る枕元で、八重子やおば、従姉妹たちと一緒に火を守った。葬儀場ではなく、自宅での通夜だった。

商店街で日本茶の店を営んでいた祖母の元には、商店街の人たちが夜遅くなっても次々と弔問にやってきた。

　おしゃべりでいつも明るく、お茶の淹《い》れ方が日本一上手《うま》いと自分で言っていた祖母が大好きだった。湯呑《ゆの》みの中にいつもうまく茶柱を立て、『縁起』の話をしてくれた。出かけた時には、必ず赤い袋の天津《てんしん》甘栗を手土産に持ち帰り、喧嘩《けんか》のないようにと、三人の孫たちに一袋ずつを与えてくれた。

　その祖母が物言わぬ姿になって、真っ白な掛け布団の下で横たわっていた。暗がりに灯《とも》るロウソクの火と、鼻を掠める線香の香り。仏花のシルエットがロウソクの灯りに煽《あお》られて、お化けのように揺れていた。

——火が揺れた時は、おばあちゃんの魂が帰ってきてるんやって。

——あ。揺れた。揺れてるわ、実理ちゃん。

——おばあちゃん、今、ここにおるんちゃう？

——まじで？　おばあちゃん、元気？

——あほ、元気なわけないやん。死んでるんやで。

——せやな。ほんなら実理ちゃん、前みたいにおばあちゃんのこと摩《さす》ってや。痛いの治るかもよ。

——ほんまや。生き返るかもしれへん。

——そんなこと、あるわけないやろ。

　一晩中ロウソクの火を絶やさず、祖母を囲んでたくさんの思い出話をした。

当時まだ実理科は中学に上がる前で、従姉妹たちも同年代。学校や外ではうまく立ち回れなかった実理科も、赤ちゃんの時から会っている彼女たちとは恐怖心もなく笑い合えた。時に笑いすぎて、夜中にうるさいと、母やおばに叱らながら火を見守った。

祖母の死はとても悲しかったけれど、大阪に住む従姉妹やおば、おじたちと一緒に悲しみを分け合い、ゆっくりと祖母とお別れをした。

八重子の写真を睨《にら》みつけていると、今度は実理科の心に沸々と怒りが湧いてきた。

遺影を睨みつける。

外に出すまいと思っていても、胸の中に広がる感情は黙っていない。ずっと押さえ込んでいたものが溢《あふ》れ出そうになる。目頭が熱くなった。

私は、一人になってしまった。ばか、ばか、ばか！

心の中で盛大に叫んでいると、ドアノックの大きな音が耳に飛び込んだ。

振り返ると、ドアノブを摑んだまま立ち尽くし、遺影を見つめている眼鏡の男性がいた。

一瞬、ノックの音で男性らしき足元が目に入った時、啓太ではないかと思い、不意に胸が高鳴った。何も知らない彼が、ここに現れるはずもないのに。

その眼鏡の男性は、実理科が視界に入っていない様子で祭壇へとまっすぐに進んだ。八重子の遺影から目を離さず、そのまま最前列の椅子に手をかけると、床にへたり込んだ。

両手で顔を覆う。肩がびくりと動いたと思うと、言葉にならない声を上げて泣き始めた。

え？　男の泣き声が、部屋の隅々まで埋め尽くすように響き渡る。

誰だ？

実理科の熱くなった目頭は急速に温度を失い、戸惑いだけが頭中に広がる。

通夜に間に合わなかった人だとは思うが、突然やってきて、娘の自分よりも悲しんでいるように泣くこの男。自分と八重子の世界に入り込み、浸っている。

家族として、八重子の死を悼むその気持ちはありがたいが、激しいその泣きっぷりに、悲しみを横取りされたような嫉妬《しっと》心が生まれた。

「あの……」と、声をかけようと近づいてみるが、遺影を見ては何度も泣き崩れる男を前に、実理科の声は掻《か》き消える。

こんなに八重子の死を悲しむこの男は、母といったいどんな関係なのだろう。

白いものが交ざった男の後頭部を見つめた。八重子と同世代、というところだろうか。

もし自分だったら、友人が亡くなってこんな風に悲しむだろうか。実理科は男の涙に反比例して冷静になっていく。啜《すす》り泣きを聞いているうちに、今度は腹立たしい気持ちが湧いてきた。

そもそもこの時間は、実理科が八重子の死を、やっと一人で悲しむことができる時間だったのだ。それを邪魔されて。

（なんなの）

訝《いぶか》しんで男を見つめる。

（恋人――？）

いやいやいや。そんな人がいたなどということは、一切耳にしたことがない。

だが、引っ込み思案で今や半ば引きこもりの、男っ気など全くなさそうな娘に、自分の恋人の存在を報告するわけがない気もする。啓太のことは、八重子にもひた隠しにしていたし。

この人はひょっとして、と思ったのと同時に、八重子とこの人がキスしている姿を想像し、果てはあらぬ姿で抱き合う絵までがうっすらと脳裏に浮かび上がってくる。

(――ない)

その想像は実理科の脳が即座に制止した。

激しく首を振る。

男は喪服ではなく、パーカーの上から黒いジャケットを羽織っており、慌ててここに来た様子が窺《うかが》える。足元の革靴は、一見して使い込まれているようだが、きれいに磨かれておりソールもきれいだ。

きちんと生活をしている人物だな、とは思った。平日の夜だから仕事帰りだと思うが、いったい何者なのだろう。

五分？　十分？　もっと経っただろうか。男はようやく涙を拭《ぬぐ》い、立ち上がった。

実理科に向き直る。

「すみません」

手にした眼鏡を掛け直した。

「脇田《わきた》と申します。到着が遅くなりまして」

少し焼けた肌、程よい長さにカットされた白髪交じりの髪が、八重子より年上に見えた。

濡れたまつ毛を見ながら、自分も挨拶をしなくてはいけないと口をひらく。

「娘の実理科です」

母とはどういうご関係ですか？　と聞きたかったがすぐに口にできず、数秒の間を置いて窺うように顔を見た。

脇田は気づいたように「失礼しました」と言った。

「八重子さんとは昔にアーユルヴェーダのスパイス講習会で一緒になってからの、長年の友人です。ここ数年では、講演会などでも度々ご一緒していました」

脇田は、再び潤んできた目を見開く。

「薬膳のセミナーでも一緒に勉強していました。私なんかは資格を取りたいと通っていたのですが、八重子さんは、私はそういうのは不要だからと」

「そうですか」

確かに、八重子が言いそうなことではある。

——資格とか、どうでもええわ。大事なんは中身やから。

「私が最初に銀座《ぎんざ》で薬膳カレーの店を出したときも、大変応援してくれました。出版社もご紹介いただいて、グルメ誌に紹介記事が出まして。おかげさまでそれが縁で薬膳スパイスの本も出版することができました」

時折詰まりながらも話し終わると、脇田は一呼吸置いて続けた。

「八重子さんは、出張先で倒れられたと」

実理科はこくりと頷いた。

「どちらにいらっしゃったんですか？」

「金沢におりました」

「お一人で？」

「いいえ。アシスタントと編集者も同行していました。前泊をした翌朝、時間になっても母が現れなかったので、部屋を見に行ってそれで……」

来季の撮影で、夏の器を探して職人に会うという企画だったという。いつも早めに行動する八重子が、約束の朝十時を過ぎてもロビーに姿を見せなかった。

しばらく待ってスマホや部屋の電話を鳴らしたが一向に出ない。二十分を過ぎた頃、ホテル側に開錠してもらい部屋に入ると、八重子はシーツがきれいにかけられたままのベッドに倒れ込んでいた。

「体調を崩《くず》されていたのでしょうか。その、例えば、第三者に何かされた可能性とか」

「誰かにですか？」

その問いに、少し驚いて言葉を返した。

「いいえ。それは、なかったと思います」

即座に否定した。

施錠されてドアロックもかけられていた。地元警察からも他殺や自殺の可能性はないだろうと説明も受けた。倒れていた時に着用していた服も、詩織たちが前夜、別れ際に見たそのままの姿だったという。

「――でも」

と言って、実理科は唇を噛《か》んだ。もどかしい気持ちが蘇ってくる。

「死因が特定できないというので承諾解剖となりました」

「それで？」

実理科は頭を振った。

「遺体はすぐに戻りましたが、解剖の結果が出るのは時間がかかるようで」

司法解剖ならすぐに結果も出るようだが、事件性のない解剖の結果については一ヶ月ほどの期間を要するという。

特に持病はなかった。寒くなると肩が痛いとアスピリンを時々飲んでいたのと、血圧が高いので、降圧剤を毎夜寝る前に飲んでいたのを知ってはいたけど――。

脇田は再び、遺影に潤んだ目を向けた。

部屋の扉が開く音がした。一瞬、詩織が忘れ物でもしたのかと思ったが違った。

振り返ると、スキンヘッドの男が派手にラッピングされた箱を抱えて立っていた。黒いスキニーパンツとブーツが、一昔前のミュージシャンのように見える。

（今度はいったい誰？）

眉間にしわを寄せた。

男は実理科と脇田を見て丁寧に一礼し、祭壇までやってきた。紫色の大きなリボンをつけた箱を、読経用の台の傍に置いた。

ギョロリと目を剝《む》いた男性は実理科の顔を見つめて大きく目を潤ませた。「西川《にしかわ》と申します」と、実理科に一歩近づく。

「いやあ、実によく似てらっしゃる。彼女がよく実理科さんのことを話していました。八重子さんとは、お付き合いをさせて頂いておりました」

「お付き合い？」

思わず呟くようにその言葉をくり返した。西川の顔が近づきすぎて怖くなり、上半身がそり気味になる。

わざわざ取ってつけたように「お付き合い」という言葉を使ったことが気になった。八重子と同年代なら、友人関係にも使う言葉ではあるのだろうが、何かを含んでいるようにも聞こえる。

西川は「はい」と、さも当たり前のような調子で答えた。

実理科は西川に目だけで微笑み返した。

何者かはわからないが、八重子がとても世話になっていた人物の可能性もある。無下な態度は失礼かもしれない。

一歩後ろに下がって距離を取り、着席を促して来場の礼を言った。リボンの箱が気になるが、それよりも八重子との関係性だ。どういう風に言えば良いのか迷った。

「生前は、母が、友人として、お世話になったようで」

考えながら、ゆっくりと口にした。

「はい。友人でもありましたが、もっと親しくさせて頂いておりました」

「もっと親しく……?」

低い声が割って入った。それまで静観していた脇田が、とつぜん口を挟んだのだ。

「将来のことを話し合ったこともあります」

西川の思わぬ言葉に実理科は胸を押さえた。まさか八重子がこの人と家族になろうなんて考えていたというのか。この人と? いやいやいや。

嘘だろう。

「将来とはいったいどういう……?」

脇田が即座に反応した。

「ここ数週間は会っていなかったので、午後に見たSNSの記事に、本当に驚きました」

西川の耳に脇田の言葉は入っていない。

記事というのは、実理科がフェイスブックに投稿した訃報記事のことだろう。八重子は遺《のこ》したノートに、SNSへの対処までを事細かに記していた。

また、料理家としてたまに雑誌やメディアに出る仕事もしていた八重子の死は、ネットニュースで小さく取り上げられていた。

西川は、実理科と脇田の戸惑いを無視したまま、マイペースに話を続ける。

自分と八重子が小麦についてどう考えていたかをとうとうと語り始め、出会いはグルテンフリーの研究会だったこと。でも逆に、自分たちはグルテンに好意的で、そもそも地球から誕生した食物は動物、植物を問わず同じ量子エネルギーから成り立っている訳で……、といった調子で話を続けていく。

実理科は、八重子との日々に、西川との関係を匂わせる言動がなかったかを辿《たど》ろうとするが、さっぱり出てこない。そもそも、隣で一緒に驚いている脇田のだって、さっきまでまるで知らない人だったのだ。

脇田は苦い顔のまま、西川を凝視している。

「これを、一緒に棺《ひつぎ》に入れてもらえないでしょうか。八重子さんに食べて欲しかった、わたしの渾身《こんしん》の新作です」

西川が濃い紫のリボンを引き、ラッピングの包みを解き始めた。

大きなケーキ箱が現れた。広げた包み紙の勢いで、祭壇のロウソクの火が揺れた。

目に飛び込んできたのは、キラキラ光る宝石のような飴《あめ》細工だ。スポットライトが当たっているわけでもないのに、小さな光を放っている。それを支える土台は艶《つや》めくラベンダー色のクリームをベースに、紫の花でデコレーションされている。ほお、っと見惚《みと》れて息を呑んだ。

見事なホールケーキだった。

なんて美しいのだろう。

実理科は戸惑いの気持ちを、一瞬忘れた。思わず感嘆の声をあげそうになったが、かろうじて堪えた。

脇田の苦み走った表情が視界の端に入ってきたからだ。

ペラペラと空気も読まずに喋《しゃべ》り続ける西川の人柄はさておき、この美的センスには心を摑まれた。かつて目にしたことのない素晴らしいケーキだ。

よく見ると、中央に添えられたプレートには「YAEKO Happy Birthday」とある。皮肉なメッセージに、今度は怒りとも悲しみともつかない感情がないまぜになり、複雑な面持ちになる。

西川はプレートを見つめながら唇を嚙み、バースデーキャンドルを手にした。

ハッピバースデートゥーユー、ハッピバースデートゥーユー。

震えた指先で、小さく歌いながらケーキに刺していく。背の高いキャンドルは太めで五本。細く小さなキャンドルを左右に三本ずつ、六本。時々、歌に詰まりながら手を動かす。もう一方の手にはオイルライターが握られている。

歌が盛り上がりの、ハッピバースデー、ディア……と、きたところで手を止め、西川は顔をグシャリと潰《つぶ》して手を止めた。う。と嗚咽《おえつ》を漏らす。

血管の浮き出た手で顔を覆う。その手は小刻みに震えていて、手首の辺りには光るものが滴り落ちていく。

実理科もつられて目が潤んだ。涙が込み上げてきて、目から溢れ出そうになった。

だが、だめだ。情報量が多すぎて、事態が飲み込みにくい。彼らと八重子の距離感がまるで摑めない。しかもなんなのだ、この感情的な男たちは。家族として、一人遺された娘として、いったい全体どんな態度が適当だというのか。

啓太。助けて。

「嘘だろう……」

脇田が西川を睨みつけ、低い声で呟いた。

そばにあったバッグから着信音が響いた。音色が実理科とは違うので、八重子のスマホだ。手に取り、液晶画面を見ると「ショーン」と男性の名前が出ている。

男たちの様子を見やりながら、実理科は応答した。

「もしもし――」

――ハロー。ヤエコ？　ワッツアップ。ユージョーキングヒラリアス。

急な英語が聞こえてきて、実理科は一瞬パニックを起こしそうになった。想定外のことが次々に起こる。

今、フェイスブックを見たのだけれど、八重子、冗談だよね？

フェイスブックにアップした訃報を見て、電話をかけてきたらしい。だがなぜ英語？　ネイティブな発音で、ショーンが日本語を理解するかどうかわからない。「イヤー」「アハ」「オーケー」などと、曖昧な受け応《こた》えをしてごまかした。

そもそもフェイスブックには日本語で投稿したので、日本語はわかっているのでしょうと思いかけたが、記事欄には翻訳機能が付いているので、それを使えば大抵の翻訳はできる。

八重子は独身時代に世界中を旅したといい、簡単な英会話を話した。このショーンという人物、実理科が八重子の娘だと告げるも、声が似ているのか本気にしてもらえない。

どうやったらわかってもらえるのだろうかと、一方的に英語で話してくる電話の声を聞きながら実理科が考えていると、目の前にいた脇田と西川が何やら口論し始めていた。

今度は彼らの声が大きくて、電話の内容がままならなくなった。

それでなくとも電話での英会話は理解しにくい。実理科は二人から離れ、ドアの外へと足を向けた。


電話を切った実理科は、八重子のスマホを見つめながら、深いため息を吐いた。

エントランスロビーでしばらく会話を続け、ようやくショーンに、娘だと納得させ、明日の葬儀の時間と場所を伝えて、ショーンの「アイムソーリー」を遮るように電話を切った。

顔を上げると、部屋からは男たちの論じる声が漏れ聞こえてきた。声が大きくなっている。

実理科の知らない八重子の交友関係を想像しようとするが、頭がうまく回らない。

自分も啓太の存在を八重子には話さなかったように、八重子だって実理科の知らない自分の世界を持っているはずだ。

自動ドアをくぐり、外へ出た。ひやりとした空気が頬にあたり、低空に薄赤い満月が見えた。

実理科は、吐いたため息を鼻からゆっくりと吸い込んだ。

――ゆっくりでええねん、実理科。肩開いて、息を吸って、肺に十分な酸素を入れるんや。

ゆっくり口から吐いて。もう一回鼻からいっぱい吸って、口から少しずつ吐く。

幼い頃から、何かあるとすぐに焦ってしまう性質で、呼吸がうまくできなくなる娘に父が教えてくれた。大きな手で実理科の肩を抱きながら、一緒に深呼吸してくれた。

目を閉じた。再び息を深く吸って、時間をかけて吐く。

――深呼吸は、吸ったことで酸素供給が増加するのと同時に、吐くことで二酸化炭素濃度が低くなる。これで細胞は酸素を利用してエネルギーを生産するんや。代謝活動も効率的になる。血液循環が改善すると、自律神経の調整もできる。免疫システムも強化されるんやで。覚えとき。

深呼吸までは良かったが、ついでによく聞かされた父の講釈までを一緒に思い出した。

実理科はなんだか励まされたような気持ちになった。

ぼんやりとした満月を見て、ひとり口元を緩めた。


外から戻ると、明かりが抑えられたエントランスロビーに脇田と西川の姿があった。

実理科は、突然離席した言い訳を口にしようとしたが、止めた。二人の様子がなんだかおかしい。近づいていくと、脇田が歪《ゆが》んだ眼鏡でこちらを見た。

「大丈夫ですか？」と思わず口にするが、むっつりと口をつぐんだまま目を逸《そ》らす。

生クリームが脇田の乱れた髪や、隣で背中を向けている西川のスキンヘッドにべっとりと付着している。往年のテレビ番組で見かけるコントのようだが、脇田の口元に滲《にじ》んだ血のせいで笑えない。

二人は、お互いを無視するように表情を歪めているだけで、こちらを気遣う様子もない。明らかに喧嘩だろう。

いい大人がこんなになるまでと、呆《あき》れて言葉も出ない。実理科は斎場の部屋に戻ろうと踵《きびす》を返した。ふと、きな臭さを鼻先に感じた。

線香の匂いがこちらまで流れているのだろうかと、鼻をひくりとさせた。実理科は、あの二人がさっさと帰ってくれることだけを祈っていた。

ロビーを抜けて部屋の正面に回ると、ドアの細長い磨《す》りガラスから光が見えた。ふわりと強くなったり弱くなったりを繰り返している。

何？

磨りガラスに顔を近づけた。映写機で映し出されたように、ゆらゆらと光が揺れている。微《かす》かな熱を感じた。

慌ててドアノブに手をかけた。熱い。開いた瞬間に目に飛び込んできたのは、祭壇の前で天井に向かって立ち昇る炎だ。

狭い部屋に充満した熱気と煙が、実理科に襲い掛かってきた。その熱気に圧倒され、体が後退して尻餅《しりもち》をついた。履いていた黒いパンプスが脱げた勢いで滑り飛んでいく。

火はメラメラと大きくなっていく。そこから派生する黒い煙が、部屋の上半分近くまで、毒の雲海のように溜《た》まっている。

体勢を立て直そうとするも、ストッキングを履いた踵《かかと》が滑ってうまくいかない。息を吸おうとしたがその刹那《せつな》、吸ってはいけないのではと、本能的に息を止める。

熱い。熱い。誰か、と叫ぼうとするが首が微かに動くだけで声にならない。袖《そで》で口を覆い、一気に吸い込まないように呼吸する。髪の毛がわっと逆立ち、冷や汗が一気に滲み出る。寒いざわつきが全身を走る。だめだ。口を覆った手が震えた。

声を。声を出さなくては。

顎《あご》をなんとか動かし、絞り出そうとするがうまくいかない。

あ、と開いた口から声を出そうとするが、息を止めているので、音にはならない。

もう一度試して、ようやく言葉にならないうめき声のようなものをなんとか発した。

かすれる実理科の声と同じくして、ギュンギュンギュンと、脳天に刺さるような火災報知器の警報が鳴った。女の声で「火事です」と続く。ギュンギュンギュン「火事です」が繰り返される。

助かった――。

そこでようやく息を吐いた。ガクガクと歯が嚙み合わず、震える指が止まらない。

だが腰が抜けたようになって、体を起こすことができない。口を覆っている袖はそのままに、床についた右手をずらして、体を移動させようとした時、実理科は肩を後ろへと引っ張られた。ほぼ仰向《あおむ》けに寝転ぶような体勢になると、今度は脇を抱えられた。引きずられながら部屋を見返すが、煙でやられて涙が止まらない。

警報音は鳴り続けている。

瞬いた視界、黒い煙の中、光る火の向こう側に、八重子の企んだ顔が見えた気がした。

2

税理士との面会場所に向かう途上で、実理科はスマホを耳に当てたまま、二台のバスを見送った。

「こ、こちらこそお世話になりました。ありがとうございました」

精いっぱいの平静を装ってそう言うと、通話を切った。

相手は、レギュラーでアシスタントについていたスタイリストMさんで、優しいねぎらいの言葉はあったものの、意味合い的には解雇のようなものだった。

思わずしゃがみ込んでしまう。八重子が見ていたら、「ええ歳して、行儀悪いな」と叱られそうだ。先週の火事騒ぎで負った打ち身がまだ少し痛むなと、膝《ひざ》を触りながら、アスファルトのざらついた地面を見つめる。大きく息を吐いた。

またダメ……。

自覚はある。八重子が金沢で倒れたと報《しら》せを受ける前のことだ。実理科はまた、自分のこだわりの細かさから、Mさんに頼まれた依頼にどうしても応えることができなかった。加えて、それが初めてのことでもなかった。

Mさんは八重子と面識はなかったものの、先週の告別式には参列してくれた。実理科が遭った災難にも大いに同情を寄せ、この際ゆっくり休んでいいよと言い渡されたばかりだった。

Mさんのもとで働き始めたきっかけは、八重子の知人スタイリストを手伝ったことだった。当時、就職活動の挫折《ざせつ》で、自宅で請け負う押し花のアルバイトだけが社会との関わりだった。そんな実理科に八重子が強く勧めてきたのだ。それから時々、手伝いに入った。八重子の開催する忘年会にやってくる人が、たまに声をかけてくることもあった。

去年の今頃、時々手伝ったことのあるMさんに専属にならないかと誘われ、働き出した。嬉しかった。学生時代も自分の興味に忠実で、こだわりの強さから友人の間ではずっと浮き気味で、自信が持てなかった。除外されることはあるものの、迎え入れられることは少なかったからだ。

就職活動も苦難の連続だった。何社も選考で落とされたが、それは多くの学生たちも落とされていたし、最初から期待していなかったので傷つくこともなかった。そんな中、一社に内定をもらい、入社前にインターンとして働き出したのだが、それが駄目だった。

上層部に言葉遣いの乱暴な人がおり、どうしても恐怖心が拭えなくなってしまったのだ。実理科が叱られていたわけでもなかったが、部下を叱る、恫喝《どうかつ》に近いような言葉遣いが、目に見えない波形となって実理科を攻めてきた。怖かった。

今では随分回復したが、当時は人から出る言葉自体を怖いと思い、自分が言葉を発することも同時に怖くなった。

両親の影響で話していた大阪弁も使うことはなく、外ではどんな人に対しても敬語で話すようになっていた。

受け取った言葉に、思考が脳内でトルネードのように渦巻くものの、当時の実理科は返事さえできずに蕁麻疹《じんましん》が出た。

他にもあった。世間の仕事とは、白か黒かではっきり決められることと、決められないことがある。あちらを立てれば、こちらが立たずといったことがすべての局面において顔を出す。社会とうまく馴染《なじ》める人というのは、そういうポイントを見極めて、決めずにグレーにしたり、損益を考えて自分に折り合いをつけ、白を黒だと言い、黒を白だと思い込む。そうやって、企画や仕事を組み立て進めていく。ビジネスとはそういうものなのだろう。

それができたら良いのだが、実理科には困難だ。はっきりした答えを求めてしまうし、リクエストには満点以上で応えたいと思ってしまう。力を入れることはできるのだが、抜くことができない。不器用に力みすぎて、バランスを崩してしまう。

Mさんのリクエストは、とあるテレビコマーシャルの撮影準備時、三十代主婦の普段着で数スタイルを選んで、というものだった。Mさんはメインの女優の準備で忙しかった。

「普通のでいいのよ、普通で」

その言葉が実理科を迷わせた。普通とは？　一体誰の普通なのか。主婦だというが、具体的には何歳で、旦那《だんな》の職業は？　年収はどのくらいなのか。どんな部屋に住んでいて、子供はいる、いない？　パートとか、外で働いている？　車は運転するの？　昼食は何を食べている？

そんなことを自問しながらも、ひとまず同業他社のコマーシャルに倣ってやってみようと、試行錯誤を重ねながら、なんとか最初のスタイルを決めることができた。だが、そのスタイルを差し戻されたことで、パニックになった。

「もうちょっと垢抜《あかぬ》けた感じで、選び直してみて」

表参道《おもてさんどう》にある撮影専門に服を貸し出すリースショップのサロン。何万点もの服の中で、実理科は途方に暮れてしまった。

垢抜ける？　とはおしゃれに、ということか。どんなふうに？　おしゃれ、ってそもそも正解は？　トルソーにこれかなと思った服を着せては外し、着せては外しをとにかく繰り返してみる。写真はほとんど撮っていない。

「真面目ね。いいのよ、その時のパッションでこれ！　と決めてしまえば」

進捗《しんちょく》をMさんに電話で聞かれ、なかなか選びきれないというと、早口でそう言われた。

パッション？　どのスタイルを組んでみても、ダサいと思われるのではないか、と恐怖心が湧いた。少し気の利いたものをと考えるが、そうなると、それは見方によってはダサく見えるのではないか？　そもそも、ダサいとはなんだ？　いけていないということだが、ダサカワイイ、って言葉もあるじゃないか。ダサいのはダメなのか。いや、百パーセントダメなことはないだろう。いろんな思いが交差して選ぶことができない。ひとまずパッションだ。スマホで調べてみる。熱情、激情、キリストの受難？　キリスト？

まあいいや。とにかく実理科がいいと思ったものでいいのだ。大袈裟《おおげさ》に考えることはない。と、納得はするものの、やはり選びきれない。あれこれと考えた末、ようやく数枚のスタイルを作り、写真を撮った。そして写真を繁々《しげしげ》と見つめるも、これでは明るさがたりない。角度が悪い。これを送ったらこう言われるだろう。いや、こう言われるかもしれないと始まってしまう。どうしよう。二度目にダサいと思われたら、きっと呆れられる。もう自分は終わりかもしれない。……などと、ありとあらゆる想像が果てしない速度で、実理科の脳内で広がる。結局決めきれないのである。

「嘘でしょう。まだやってるの？」

女優の服をピックアップする為に、サロンにやってきたMさんに声をかけられた。オープンの朝十時から選び始めて、気がつけば水も飲まず、昼食も取らずに夕方の五時前だった。

何枚の写真を撮ったかと聞かれ、数枚のスタイルをMさんに見せた。Mさんはその場で一枚を選び、あとは三分とたたずに、トルソーの横に置いたラックの衣装から数点を選ぶと四スタイルを作った。実理科にその組み合わせでトルソーに着せ、写真を五分以内に撮って自分に送るように指示した。

バス停前でしゃがんでいる実理科が邪魔なのか、頭上から誰かのこれみよがしな舌打ちが聞こえた。ゆっくりと立ち上がった。

こんな性分の自分が嫌になるが、自分という人間はなかなか思い通りになってはくれず、うまく立ち回ってくれない。考えすぎないでいいのに、こだわり始めるとそこだけが別世界になる。

そんなことを繰り返しているうちに、除外された。休んでいる間に入った新しいアシスタントの働きが、すこぶる良かったようだ。

また、選ばれなかった……。

まともな恋愛をしたことがないのでわからないが、失恋をした時はきっとこんな気持ちなのかもしれない。

啓太の顔が思い浮かんだ。啓太とはまともな恋愛かどうかわからないが、実理科の中では特別なことには違いない。

先週電話で話した、啓太との会話を思い出し、安心と不安の両方を胸に抱く。

自分の働きぶりを知ってもらった上で、拒絶される。

なかなかにきつい。ため息と共に目を瞑《つむ》る。

深呼吸――。

一方で、八重子がテレビを見ながらついていた悪態も思い出す。

「アホか。大切にしてもらえへんとこで頑張る必要なんか、ひとつもない。世の中には相性いうものがあるねん」

男女の関係も、仕事も、親子も、何もかもが相性だと言い切った。

「相性を知ることは、これからの人生を知ることや。誠実に努力することは大切やけど、相性が合わんかったら親子でも辛《つら》い。離れた方がお互いのためやよ。相性の合わん仕事を続けるのも地獄や。やめた方がいい」

就職のインターン時に挫折した実理科を励ますために言ったのかもしれないが、今はまたその言葉に励まされる。そうだと思うことにしよう。

はたと気がつくと、三台目のバスも見送っていた。約束の時間に遅刻してしまう。時計を見るとすでに間に合わない時間だった。

実理科は慌てて税理士に電話をかけた。

3

「りんごがないな」

冷蔵庫の野菜室を覗いて、実理科は独りごちる。

築三十年越えの、古い低層マンションの一室。広めの、充実したキッチンスペースは八重子の自宅兼、仕事場だった。

キッチンの窓際、外光が差す場所に棚を作った。そこに小さな丸い骨壺《こつつぼ》と貝のフォトフレームに収めた遺影を置き、愛用していた琉球《りゆうきゆう》グラスを置いた。そこからはキッチン全体を見下ろすことができるので、八重子も寂しくないだろう。

この一週間、あまりの手続きの多さに実理科は辟易《へきえき》としていた。悲しむ間も与えられず、区役所に銀行、保険会社、税理士事務所など、エンディングノートにある程度のことを書き残してくれたとはいえ、一つ一つを潰していくのには時間と手間がかかる。

毎朝の日課で食しているりんごが、冷蔵庫に一つも残っていなかった。

『食で未来は変わる』が祭八重子のスローガンだった。特に朝、酵素を摂《と》るのが身体に良いと、物心ついた時から祭家の朝食には必ず果物があった。とりわけりんごが良いと、欠かしたことはなかった。

——朝、りんごを食べると世界が変わるのよ。

もちろん、摂らなくても何も起こらないが、こうなると、いわばまじないのようなものである。もはや一日の始まりにりんごを食さないと、調子を崩しそうな気さえする。

買いに出るのは面倒だし、りんごジュースでもなかったかと考えた瞬間、思い出した。

(そうだ!)

実理科はストック棚へ向かった。

勢いよく棚の扉を開けると、避けていた週刊誌が腕に当たって床に落ちた。ついでに傍にあった菜箸《さいばし》やお玉スタンドに引っかかり、派手な音を立てて調理用品群が床にぶちまけられた。

幸い、割れたものなどないが、すごい散らかりようになった。週刊誌はゴミ箱へと投げ入れた。だいたいのものを拾い上げ、気を取り直して、棚に目を戻す。下段の、小サイズの段ボール箱からカラフルな袋を見つけた。半生のドライりんごだ。

袋を取り出していると、玄関先から「おはようございます」と詩織が顔を覗かせた。彼女はキッチンでの作業が多いので、八重子の生前からこの家の鍵を持っている。

「いったい何ごとですか? すごい音、外まで聞こえましたけど」

「りんごを探していて、半生のドライりんごのストックを見つけたのでつい」

「半生ですか？」

「八重子さんがまとめ買いしていたのが。準備がいいなと思って」

実理科は、詩織や八重子の仕事関係者の前では母とは呼ばず、八重子さんと呼ぶ。

詩織は靴を脱ぎながら、「そうですか」と、生返事を寄越《よこ》した。

「実理科さん、昨日の税理士さんの話、どうでしたか」

コーヒーをマシーンにセットしたあと、詩織は実理科に聞いた。詩織はこのことを気にしている。確かに自分の進路が関係してくるのだから気になるだろう。

「八重子さんは来年も確定申告しなきゃいけないみたいです」

実理科は言った。

「確かに今年も結構収入ありますからね」

「あと、廃業届を1ヶ月以内には出しに行かなくてはいけないらしくて」

所得税法で、個人事業主の死亡後は相続人が廃業届を税務署に提出しなくてはいけない。

「それで実理科さん、ここは引き継がれますか？」

詩織が聞いているのは、この部屋に実理科が住み続けるのかということだ。八重子の仕事場であったこの部屋は、詩織の仕事場所でもある。

実理科は「そうですね」と答えた。

「いずれにしても、年内の家賃はすでに振り込んであると言っていました」

「それは良かった」

詩織の顔つきがパッと明るくなった。

「だから今年中はここに住むつもりです」

実理科がそう言うと、詩織はあからさまに安心した表情を見せた。

聞けば、半年近く先までの仕事がすでに二十本ほどあるという。講演会やコラムなど、八重子にしかできない仕事は断ることになるが、中には詩織が代わりに務めてもいいと言ってくれる料理の仕事があるという。だが、それをこなすには、このキッチンが必要なのである。ここには、八重子が特注で買い込んだミーレのオーブンもあるし、なんと言っても器の種類と数、調味料にしても尋常な数ではない。料理を撮影するスペースも、照明がうまく組まれている。

「ただ、来年のことはどうしようかと悩んでいます」

隠してもしようがないので、実理科は正直に告げた。

八重子が残してくれた生命保険と預貯金のおかげで、半年以上の時間をもらえたが、そのあとはここを維持するかどうかはわからない。おそらく実理科一人でここを借り続けることは金銭的に難しい。それに、一人では広すぎる。

「年内に猶予をいただけるのなら、私もその間に身の振り方を考えられるので助かります」

詩織は言った。

「ごめんなさい。ここに住み続ける、と言い切れなくて」

「当然です。八重子さんがいたからこそ、ここが必要で、維持もできたわけで」

口元を結んで実理科は頷いた。

実理科自身も、この半年で進路を決めなければならない。選ばれずに傷ついても、そんなことをじっと悲しんでいる余裕はないのだ。

「ところで、今日脇田さんと会うのは何時なんですか」

詩織が聞いた。

実理科は急に思い出した。そうなのである。今日は脇田と会うことになっている。

「午後からです。二時に目黒《めぐろ》の雅叙園《がじょえん》のカフェラウンジで」

脇田から、連絡があったのは一昨日のことだ。

あの夜、斎場にやってきた脇田とその後にきた西川が、実理科が電話で部屋を出た後、口論になった。

言い争った二人はヒートアップし、何がきっかけか掴み合いの喧嘩へと発展した。やがて揉《も》み合ううちにケーキに灯された火が包み紙を伝い、祭壇の札や布へと引火したのである。

実理科が斎場のドアを開けて倒れ込んだ後、火災報知機とスプリンクラーが作動した。実理科は恐怖のあまり時間の感覚が狂い、とてつもなく長い時間に感じたのだが、実際はほんの数十秒だったようだ、すぐにスタッフが駆けつけて助け出された。現に実理科は、足腰に軽い打ち身はあったものの、大きな怪我はなかった。

消防車が到着した頃にはすでに鎮火していたが、古いビルだったこともあり、火の手が及ばなかった他の部屋にまでスプリンクラーの水が撒《ま》かれた。パソコンや電子機器類が、火ではなく、水の被害に遭うという二次災害だ。実理科は病院へ運ばれたので見てはいないが、詩織によると八重子の棺桶も水浸しになったという。

警察の話では双方の言い分は微妙に違っており、西川は脇田が先に手をあげたのだと証言しているという。だが結局、喧嘩に関しては示談が成立し、どちらも被害届を出さずに収まった。

実理科も二人に対して被害届を出すかと訊《き》かれた。声すら恐怖で出せなかったあの瞬間を思い出すと、今でも震えがくる。だから訴えてやろうという気持ちがなかったわけではない。だが、やめた。喧嘩の原因を考えると、ことを大きくしたくなかったからだ。

結局は西川のせいで大きくなってしまったのだが——。

一方、脇田と西川に対して怒りと共に湧いてきたのは、妙な仲間意識だった。実理科にとっては母親である八重子と、一人の女性として付き合っていたことに家族特有の少々複雑な気持ちはあるが、大事に思ってくれたことに違いはないと思うとありがたい気持ちにはなった。父亡き後、祭八重子という人生に彩りを添えてくれた人たちなのだろう。

満月に、餅つくうさぎを見る人もいれば、他国では蟹《かに》や女性の顔を見る人もいる。

共に満月を失ったのだと思った。

建物に生じた被害に関しては、葬儀社の火災保険がある訳だが、火の元を持ち込んだ西川と、それを放置したまま争っていた脇田の、二人の過失責任の割合については話し合われているという。

「脇田さん、電話では何と？」

「会って話しておきたいことがある、とだけ」

ふうんと納得のいかない様子で、詩織は自分と実理科のマグカップを棚から取り出す。ドライりんごを皿にぶちまけた。

「前々から決まっていたことで、今月から海外に移住するらしいですよ。それで出発する前に、どうしてもと」

「どういうことですかね、海外って。もしかして、八重子さんと一緒に行くつもりだったとか」

詩織が言った。

「そう思いますか？」

実理科は訊いた。

「いいえ。違うと思います」

「え？　違うの？」

思わず突っ込んでしまった。八重子が亡くなって以来、ずっと詩織と話をしているので、時々敬語も消えてしまう。いい兆候なのではないだろうか。

「いいえ。ただそう考えると、この違和感がちょっと消えるな、と思って」

確かに、と実理科も思う。口に運びかけたドライりんごの手を止める。

「詩織ちゃんも、やっぱり感じていますか」

「はい。感じます」と詩織は顔を上げて実理科を見た。

コーヒーをカップに注ぐ。

「さっきのドライりんごのストックもですけど。箱買いする理由がよくわからないです。八重子さん自身は、ドライフルーツは甘すぎてあまり好きじゃなかったですよね」

そもそもエンディングノートだって、と続ける。

「仕事の引き継ぎも、メモ書きが多くて助かっていますが、以前は書くのが面倒臭いと言っていたのにどれもこれも親切に書いてあって、なんだか……」

最初の違和感は、八重子の部屋に入った時だった。

八重子は物に愛着のあるたちで、とにかく物が多かった。ごちゃごちゃとしたのが八重子の部屋の温かみで、実理科はあまり立ち入ったことはなかったが、好きな部屋だった。

だが葬式前、部屋に入った時に何か違うと感じた。特に好きで集めていた鳥の小物コレクションも、心なしか減っているように見えたし、物自体は相変わらず多いのだが、印象として妙にスッキリとしていた。

その時は、単に整理して片付けたのかと思ったが、よく考えれば年末でもないのに不自然だと思う。

気まぐれでやっていたと言えばそれまでだが、八重子に限っては黙っていたことがどうも解せない。

もし自分で片付けたとしたら、絶対に一言くらいは実理科と詩織に自慢しただろう。何せ、唯一の欠点が「片付け」だと豪語していたのだ。

その部分を補うために、少々収益が悪くなっても、税理士とアシスタントを雇うことだけは死守していたのである。

——苦手部分を直す時間より、得意部分を伸ばす時間の方が人生にとっては有益やと思わん？

それ以降も同じようなことがあった。どれも些細《ささい》なことで、例えばスパイスの並びや、やけに親切な冷凍保存食のメモ書きなどだ。

半生りんごのストックだって詩織の言うとおりだ。今までずっと本人がフレッシュなりんごを買い続けていたのに、突然箱買いする意味がわからない。急に防災グッズに目覚めたのか？いや。それならもっと他に気を配ることがあるだろう。

八重子はこの家から、いや、日本から旅立とうとしていたのだろうか——。

実理科はひそめた眉を戻そうと、人差し指と中指で眉間を押さえた。

4

詩織を残して部屋を後にした。

マンションのエントランスを出たところで、突然目の前に人が現れた。

（危ない）

肩に下げていたバッグを思わず握る。続く二段ほどのステップで思わず躓《つまず》きそうになった。

「な、なんですか」

「祭さん、創文舎《そうぶんしゃ》の週刊女性デイズです。少しお話聞かせてもらえるだけでいいので」

小柄な男が突然、小さなレコーダー片手に迫ってきた。

「話すことなんて何もないです」

小さな声で絞り出すように言った直後、実理科の視界にカメラを構えている人の姿が目に入った。

「あの。あっちの方、写真撮りましたよね？」

震えそうな声で抗議する。

「記録でいろいろと押さえてはいますけど。お気になさらず」

「気にします。か、勝手に撮らないでください」

実理科は男を一瞥《いちべつ》して、歩き出した。

何かに掲載されたら訴えてやる、と心の中で毒づく。

「いやあ、先日出た記事がおかげさまで好評でしてね。女性読者の反応が高くて編集長もこのことをもう少し掘り下げたいって」

斎場での火災事故。痴情のもつれ。料理家の死後、後追いした男たち。

どれも真実味を帯びない文句ばかりだと実理科は眉をひそめる。詩織とも、もうこれらの記事のことは忘れようと話していたのだ。

「祭先生の年齢も共感を呼んだ一因だと思うんですよね。こう言っちゃ失礼ですけど、あのお年で三人以上の男性を手玉にとっていたなんて、並の女性にはあり得ないことですし、何かこうどんなテクニックがあったのかとか――」

三人？　あの電話をしてきたショーンのことも含まれているのか。それに手玉？　テクニック？　なんなんだ。人の母親に対してなんて言葉を使うのだ。

八重子のことを馬鹿にしていて、腹立たしいこと極まりない。実理科は立ち止まり、男を見返して声を絞り出した。

「母は、真摯《しんし》に人付き合いをしていただけです」

脇田と西川のふたりとは、彼らいわく付き合っていたようである。いわゆるそれを二股《ふたまた》と呼ぶのであれば、八重子の交際関係は複雑なものになる。ともすれば三股やそれ以上の可能性も秘めている。

「付き合う」という交際の冠は、どの程度までの関係値でそう呼ぶのかはわからないし、八重子に確かめる術《すべ》もないが、とにかく相手の男性が「付き合っていた」と言い張る程度の関係なわけである。

ケーキキャンドルに火を灯し、火事の原因を作った西川が、「西川和夫《かずお》」という、元子役のタレントで、ちょっとした有名人だったことが事態をややこしくさせた。

どうしてそんな表現になったのか、『後追い、焼身自殺』という、ネット記事に出た文字が世間をちょっと刺激して、忘れ去られていた彼を表に出してしまった。

スキンヘッドでくりっと丸い目の男。

「これは失礼しました。ですが西川さんが、うちの今週号掲載のインタビューで、祭先生との出会いからこれまでを独白されています。そこで祭先生は同時期、火事の時に一緒だった男性ともお付き合いされていたようで――」

聞きたくない話ばかりを並べてくる。

知っているという意味で、実理科は男を一瞥した。

ご丁寧に、この週刊誌の記者なのかよそなのか、わざわざ知らせてきたからだ。

「気になりませんか？　娘として。だってこの事件って、通夜後に起こった火事に関しては単なる過失事故だったかもしれませんが、その原因になったのは複数男性で、いわゆる祭先生という女性に翻弄《ほんろう》されたのは男たちです。しかも他にも先生の恋人だったと名乗りをあげている人もいる。これ、男女逆なら話題性も低いんですがね。でも還暦女性に複数の愛人がいた、しかも男が完全に祭先生に依存している。女性読者にとっては、そこが興味心を掻き立てられるポイントです」

知らないよ。読者のことなんて。鼻息が荒くなる。

「母は五十七歳でした。まだ還暦ではないです。あと、愛人ではなく恋人です」

恋人？　違うかも、と咄嗟《とっさ》に思ったが、きっちりとこの小男に説明しなければ気が済まなくなってきた。実理科は向き直って続ける。

「恋人だったら、ということですけれど」

小さく呟いた。

「そ、それに、母は父が亡くなってからはずっと独身だったわけです。お相手の方々も、皆さんそうなんですよね。では、構わないと思います。家族の恋愛に、娘といえども、何も、話すことはありません」

勢いづき、実理科はつっかえながらも、口に出して話してしまった。

「そうですよね。お気持ちわかります」

小さなレコーダーを握りしめたまま、ありがとうございますと、男はにんまりと笑った。

（しまった）

そのまま、「では」と軽く会釈すると彼らはそそくさと去って行った。

（何も話さない方がよかったのに――）

答えてしまったら、きっとなんとでも書くのだ。それで書けるのだ、あの人たちは。

唇を尖《とが》らせた。

西川のせいでウェブサイトのエンタメニュースに面白く書き立てられ、翌日夜にはすでに詳しい記事になっていたのである。しかも、独白などと調子に乗ってべらべらと話しているようだ。

このことについては、実理科も彼ら以上に傷ついていた。

八重子はどうして自分に何も話してくれなかったのか。その答えを探して、悪いとは思ったが八重子の過去のＳＮＳへの投稿、ＬＩＮＥの記録などを読み漁《あさ》ってみた。だが、実理科の納得するような答えはどこにもなかった。スマホのテキストメッセージは、どの相手とも、待ち合わせや約束などの簡素で最低限のやり取りだけであった。

きちんとした日記もつけておらず、システム手帳には時折、感じたことや大変だった出来事をメモのようには記していたが、特段の悩みや、浮かれた様子も読み取ることはできなかった。八重子の生活を手帳で辿ると、毎日はほぼ仕事中心に回っていた。詩織に確認しても齟齬《そご》はなかった。

そのことから実理科は、脇田や西川、他の男性たちが、八重子にとっては心を大きく動かされるような存在ではなかったのかと思った。だからこそ、実理科に何も言わなかったのではないだろうか。

今となっては、八重子の真意を知ることはできないのだけれど。

5

カフェラウンジに着くと、流れる滝を背に、既に脇田が着席しているのが見えた。少し日焼けした肌、ベージュの麻ジャケットに紺のスタンドカラーシャツ。足元はオフホワイトのパンツと、行儀良くまとまったファッションだ。生クリームと血をつけたひどい姿とは大違いで、通販カタログにでも登場しそうな雰囲気である。

時刻は午後一時二十二分。約束の時間まで、まだ三十分以上もある。

脇田が実理科の視線に気づいて、軽く頭を下げた。

立ちあがろうとする脇田に軽く会釈をして、「遅れまして」と口にしながら向かい側に腰を下ろした。

「いえ。私が勝手に早く来ていただけですのでどうか。予約ができなかったもので、先に来て席をとっておこうかと思いまして」

礼を言うと、脇田はすぐに実理科の体調や事後の整理など、一通りの心配を口にした。

「おかげさまで、大事には至りませんでしたし」

終わらない謝罪の言葉がまた出てこないように、実理科は努めてドライに反応した。

オーダーを済ませると、お互いが顔を見合わせた。

息を詰める。少々気まずい空気が流れた。

「あの――」

と発した言葉が、同時にぶつかり合い、お互い「どうぞ、お先に」「いえいえ、どうぞ」と譲り合った結果、立場的にも実理科が先に話すことになった。

実理科は息を詰める。

口にするのが、難しい。聞きたいことは決まっているのだが聞きにくい事柄だ。それだけは確かである。

「おうかがいしたいのですが」

決心して切り出した。

「母とは本当のところ、どういうご関係だったのでしょうか。一緒になるおつもりだった……とか」

自分の表現力の無さに呆れてしまう。迷ったが続けた。

「申し上げにくいのですが、その……。フィジカルも含めて、恋人同士、だったのでしょうか」

「え。ああ。あの……」

脇田が口籠っている。

そこははっきり、「実はそうなのです」ではないのだなと思った。

脇田はテーブルの端を見つめたまま動きを止めている。ひょっとして、実は妻子持ちだとか言うのだろうか。

実理科の頭の中にまたもや、あらぬ想像が駆け巡る。

間をたっぷり取った後、脇田はようやく小さな声で切り出した。

「はい――。と言えば、納得してもらえるのでしょうが、一緒になる約束はしていません。わたしにも子供がおりまして、大学生の息子です。八重子さんとの関係については、そう思われても仕方がないですね。あんなに取り乱してしまいましたから。恋人を装う西川に、あんなに突っかかってしまって……」

装う、と言った。

暑くもないが、脇田は手のひらで額を拭う。実理科に視線を合わせた。

「でも、それについてはお答えしかねます」

優しい口調だが、きっぱりと言った。

「実理科さんがお聞きになりたいことは、わたしと八重子さんが肉体関係だったとかそういうことかも知れません。ですが、これは内緒の話にしたいと思います」

脇田は一度唇を結び、再び口を開く。

「たとえ、そうだとしても、そうでなくとも、二人の間のことは秘密にしておきたいと思います」

視線を落として下を向いた。

「もう、八重子さんに許可を得る事もできない訳ですし」

脇田の言葉に、実理科は目を閉じた。

答えの真意を推測する以前に、娘なのだから母のことは全て知って当然だと思った自分を、急に恥ずかしく感じた。

確かに、血を分けた娘だからといって全部を知る権利はない。

人間が、死んだ途端にプライベートの権利がなくなるなんておかしい。その権利は、生きていようと死んでいようと同等であるべきものなのだ。

実理科は固く結んでいた口元を解いた。

「そうですよね」

実理科の言葉に、脇田が顔を上げた。

「亡くなったからといって聞いていいことではないですよね。ごめんなさい」

頭を下げた。

「いえ。知りたい気持ちは、十分理解できます」

脇田が言う。

「わたしも八重子さんと同じ、十年ほど前に伴侶《はんりよ》を亡くしておりまして」

突然の告白に、今度は実理科が面食らった。それにはなんと答えて良いのかわからない。

「彼女が亡くなった時、私も、同じようにすべてを知りたいと思いました。八重子さんも、かつて亡くなった妻とは一緒に勉強した仲でした。お恥ずかしい話ですが、妻は私と息子を置いて家出をしたのです。その後、事故で亡くなりました」

ちょうど、オーダーした珈琲《コーヒー》とジュースが運ばれてきて、さらりと告げられた事実をなんとか動揺せずに聞くことができた。

「彼女は家出をしたまま、私たちとは完全に連絡を絶っていたので、亡くなった時も戸籍上は私の妻でした。だから、亡くなってやっと、私のもとに警察から連絡があったんです」

脇田はそこで、彼女の三年ほどの暮らしぶりを目の当たりにしたという。

「まるで自分がパラレルワールドにでも迷い込んだような錯覚に陥りました。その場所は、東京の私の家と、とても似た部屋でした。彼女好みのカーテンやクッションカバー、食器や小物が置いてありました。場所が違えど、彼女の趣味に変わりはありませんでした」

脇田は一拍置いて、続けた。

「でもね、その部屋がそっくりでも、そこは私の家ではない。その場所には、彼女の別の人生が存在しているわけです。面白いことに、私はそれが真実で、逆に自分こそがこの世に存在していないような、そんな気持ちになりました」

ため息ともとれない小さな吐息をついた。

「それから、どうして妻は、私と息子を彼女の人生から消したのだろうかと、そのことばかりを考えるようになり、すべてを知りたいと思いました」

実理科は小さく頷いて反応した。

「すみません。変な話をしてしまいました。忘れてください」

我に返ったように脇田は言う。

「妻のことは、息子とも話し合って、折り合いをつけたことです。それに、今日はこんな話をしようと思ったのではないのです」

顔を上げて背筋を伸ばした。思い出したようにグラスの水に口をつける。

「実理科さん、八重子さんが亡くなる前、大阪に行かれていたのをご存じですか？」

少し考えて、「あの雪の時かな」と、実理科は呟いた。

今年の二月のことだったたか、西日本の日本海側を中心に大雪予報が出たことで、飛行機や新幹線などのダイヤが大きく乱れた。

八重子は大阪で足止めを食らい、予定していた日に帰って来られなかったのでよく覚えている。詩織は同行していなかった。

「存じています。それが何か？」

「その時、実は私も一緒に大阪に行っていたのです」

「確か、講演会の仕事だったかと」

「その通りです。私も八重子さんと同じ、再生可能エネルギーを使った食の推進活動をしていますので、阪大《はんだい》百貨店での『おおさか食文化会』の催しでは八重子さんと一緒に登壇していました。その時のことを話しておきたくて」

八重子を通じて知り合った出版社から本を上梓《じょうし》して以来、講演会の仕事も多かったという。

「当日、阪大百貨店の特設会場では、登壇者が順番に講演をしていました。私は、八重子さんより後の登壇でしたので、彼女の講演を、会場の後方で聞いていました。着席ブースの外にも人だかりができるような盛況ぶりで」

その講演途中、八重子が突然動揺したのだという。

「場所柄、観客と登壇者の距離はとても近い。ですので、八重子さんは話しながら、観客と目を合わせてコンタクトを取ったりと、反応を確かめながら講演を進めていました。そんな中、八重子さんが突然固まってしまった一瞬があって」

「話を中断したということですか？」

「急に、前方を見つめたまま、言葉を切ってしまったんです」

「内容を、ど忘れしたとか」

「私も一瞬、そう思いました。確かによくありますよね。瞬間的に、自分の話そうとしたことが突然どこかへ飛んでしまうこと」

実理科は、あまり八重子にはないことだと思いながらも頷いた。

「変な間を数秒あけたものの、八重子さんはすぐに自分のペースに戻りました。でも私、気になって、すぐに彼女の視線の先を辿ったのです。するとそこには一人の青年が立っていました」

「青年？」

「ええ。青年と言っていいのかわかりませんが、突っ立っているTシャツ姿の男がいました。その時は、彼が八重子さんの動揺の元だとは思いませんでした。けれど今度は私が講演中、壇上から八重子さんとその彼が親しそうに言葉を交わしている姿を目撃しました。彼は、小さなメモのような紙を八重子さんに渡していました」

「メモ紙ですか」

「白く畳んだ紙でした。それで、その……。その紙を見たあとの、八重子さんの表情が、私、どうしても忘れられなくて」

目を潤ませ、見たことのない難しい顔をして、その青年を見つめていたのだという。

気になった脇田は、彼が誰なのかを直接八重子に尋ねた。

「八重子さんは、昔の知人なのだと言っていました。まさか、ここで会うとは思わなかった、と。でも、幾分かいつもの調子と違っていましたし。それからです。八重子さんの様子がおかしくなったのは……」

それ以降、話しかけてもどこか上の空で、人との会話を何度も聞き直し、その日の夜に予定されていた、主催者側との交流会も欠席したのだという。

さまざまな活動の中、コミュニケーションを大切にしてきた八重子にとって、それは珍しいことだと脇田は言った。

「体調が悪いのかと心配しましたが、本人は大丈夫だと言い張りましたし」

その日はホテルの部屋で休んでもらうことにし、交流会に脇田は一人で参加した。その後、深夜にホテルに戻ってきた脇田は、ロビーラウンジでひとり腰掛ける八重子を見つけた。

「声をかけると、八重子さんはひどく酔っていました」

ぼんやりと、天井から下がっているシャンデリアを見つめていた。何かあったのかと聞くが、首を横に振るばかり。フロントで水をもらい、部屋に送っていくからと八重子を促したという。

何も語らない八重子に、無理に問いただすようなことはしなかった。

「私が支えてやっと歩けるような状態でした。歩き出した時に『大丈夫ですか』と声をかけると、彼女は『――めいの日がくるの』と言いました。よく聞き取れなかったので聞き返すと、彼女は焦点の合っていない目で、『うんめい』と言いました」

運命?

その言葉に、実理科は胸の奥がぎゅっと掴まれたようになった。

「運命の日がくるの、と言ったのです。でも、その言葉をその時は大袈裟に捉《とら》えませんでした。例えば、健康診断の結果が出る時にも、彼女はそういう言い方をしていましたし、今にも吐きそうな様子だったので、とにかく部屋まで送って行きました」

折しも天候が悪く、東京の関係者は翌日もホテルに足止めとなり、帰りはバラバラの便で帰京したという。

「東京に戻ってからはすれ違いで会えず、生前の八重子さんに会ったのは、その大阪の夜が最後になりました。もちろんメールでは連絡を取り合っていました。その後はどうかと様子を聞いた時には、大阪では心配をかけてごめんなさい、大丈夫ですという返事だったので、ひとまずは安心していたのですが」

「運命の日……」

実理科は考え込んでしまった。同時に、ここ何ヶ月かの八重子の様子が、いつもと違うことと符合する。

何を知って、八重子はそんなに動揺したのだろう。

「その後、企画部から送られてきたオフショットムービーを観ていると、その青年が映っているのを見つけました。この人です」

脇田はスマホ画面に、その男の画像を出した。

「どうしても気になったので、この青年のことを百貨店の担当に聞いてみたんです。そしたら、回答があって、それはアート側の鈴木さんではないかと」

「アート側って？」

「催し階で同時開催されていた、アート展のことです。『ＯＳＡＫＡ・現代アートの朝』という、大阪で活動するアーティストのグループ個展で、その中の出展者、『メタリカ・キムラ』氏のアシスタントではないかと言われました」

手元の画面に、大きく引き伸ばされた男性の顔がアップになった。

時間が止まる。

実理科はその写真を見て、声を上げてしまった。

「啓太？」

6

実理科が、啓太と出会ったのは先月はじめのことだ。

冬が蘇ったような四月の肌寒い午後、場所は近所の富士見《ふじみ》公園だった。

そこは文字通り、かつては富士山が望める場所であり、近隣の子供たちや住人たちの憩いの公園として、いつも賑《にぎ》わっていた。

普段は近くを通りこそすれ、公園に足を踏み入れることはなかったが、その日は違った。

Mさんの仕事で、実理科はまた自分の変なこだわりからヘマなことを繰り返し、先輩アシスタントの怒りを買ってへこんでいた。

——いい加減、独自のこだわりから頭を離して。

——あんたの満足のために、仕事が回っているわけじゃないのよ。

当初予定していた仕事からは外されて、今日はもう帰れと言われた。

持病の偏頭痛がまたうっすらと始まっていたが、この時間に家に戻り、ハキハキと充実した仕事をしている最中の母や詩織と顔を合わせたくなかった。

公園中央のベンチで力無く座っていると、前方で四、五歳くらいの男の子が、二人で鬼ごっこをしていた。一人が穿《は》いていた緑色の半ズボンが目を惹《ひ》くきれいな色だったので、ぼんやりとそれを目で追っていた。

鬼ごっこというか、二人なので単にお互いで追いかけっこをしているのだが、これがなかなかにすばしっこかった。

揺れるブランコの間、少し離れたジャングルジムをよじ登ったり飛んだりと、ちびっ子とは思えない俊敏な動きで、華麗に走り回っている。すると突然、熱中しすぎた緑の半ズボンの子が派手に転んだ。

スピードそのままに、頭から地面に突っ込んだのである。

あ、と思って数秒、さっと周りを見回すも、その子を気遣う大人はいない。実理科は子供のもとへと駆け寄った。固く口を結んでいる顰《しか》めっ面は、泣くのを懸命にこらえている。目の横から頬にかけては血と砂で汚れており、膝頭は丸く皮膚《ひふ》が捲《めく》れて、ひどく出血していた。

救急車を呼ぶほどではなさそうだが、出血の様子から放ってはおけない怪我だった。思い立って、バッグからミネラルウォーターを取り出した。顔の砂を洗い落としたが、そこを覆うものは持ち合わせがない。とにかく手当てをできる場所へと、実理科は子供を抱き上げようと脇と膝の下に手を入れた。だが、思っていたより子供は重く、一気に持ち上げることができない。

どうしよう。どうすればよいのかと考えるが、頭が回らない。

一緒に遊んでいた子が誰かの名を大きな声で呼ぶ。後に兄だと分かる少し大きな子が慌ててやってきた。

「何やってんだ。大丈夫か？」

兄の声を聞いた途端、弟は我慢して固く結んでいた口をわっと開けた。腕にもたれた男の子が急に重たくなり、みるみる涙がこぼれていく。

実理科は腕に力を溜めてもう一度踏ん張る。が、子供が持ち上がらない。横にいる兄も腕を伸ばす。今度は一緒に、と力を込めようとした時、誰かの太い腕が横から割って入った。

実理科の腕から一瞬で子供をさらうと、軽々と抱え上げた。

「ほれ、泣かんよー。大丈夫、大丈夫」

ニット帽を被った若い男だった。帽子の下からはカールした髪が出ていた。

ベージュのパーカーに、子供の血と涙がついたが、構わずに怪我を確かめている。

大きな、茶色い瞳が真っ直ぐに実理科を見た。

——あれ？

心の中でその疑問符が出た瞬間、眼差《まなざ》しに射抜かれたようになった。

「どこか手当てしてもらえる病院、わかりますか」

時が止まった。

子供の泣き声がかすみ、両方のこめかみが後頭部から引き上げられ、目が大きく開いた。瞳の奥にある、閉じてあった扉が突然開いて灯りをつける。細胞がざわざわと粒立ち、周辺の音が瞬間的に消えた。

目の前にいる人は誰だ。初めて見る顔だよなと、記憶を辿る。頭の中にその記憶はない。だが、何かが実理科の中でざわついていた。

目を逸らすことができず、言葉はひとつも出てこなかった。

それが啓太との出会いだった。

「向こうの通りに病院ある！」

兄が後方を指差しながら叫んだ。その声で実理科は、催眠術を解かれたように現実に引き戻された。視線を兄に向けた。

兄の案内で啓太たちは歩き出した。啓太の首に回された小さな腕、カールした髪が揺れている。頭の中では、子供が怪我しているというのに、初対面の男性に見入ってしまった不謹慎な自分に呆れながらも、体中の細胞は指先までざわついたままだった。

どうにか平静を装い、公園から程近いクリニックビルに着いた。

医院では子供の怪我を確認すると、すぐに応急処置を施してくれた。兄の少年は買い物中の母親を呼んでくると言って、医院を走りでた。

ひと息ついて待合のベンチに子供を座らせ、実理科も腰を落ち着けた。顔に大きなガーゼを貼られた子供はまだ苦い顔をしている。背後では、誰かがマスクの下で咳《せ》き込んでいるのが聞こえた。

「まだ痛い？」

実理科が聞くと、目を瞑って苦い顔のまま首を振る。

すると子供の前でしゃがんだ啓太が、子供ではなく、突然実理科の右手を取った。

(何?)

大事そうに持ち上げ、実理科の手のひらを吟味するように見つめる。次にそのまま手のひらを子供の頬に当てた。その上に啓太の手が重なる。一緒に頬の傷を包み込む形になった。

実理科の冷たかった指先が、子供と啓太の体温で挟まれて熱を帯びた。同時に金属音のような耳鳴りが頭の中を襲った。さっき感じた痺《しび》れとはまた違う感覚だ。

薄く、微かな振動のようなものが指先から伝わった。

妙な感覚に思わず啓太の顔を見たが、彼の方はなんとも涼しい顔のまま子供の顔を見つめている。

視線を戻すと、不思議なことに子供の苦い顔は解け、安静な顔つきに変わっていた。眠りに落ちたようだ。

「手当て、っていうでしょ」

啓太は小さい声で囁《ささや》き、実理科の手を子供の頬から離すと、ぎゅっと握った。

「行こう。あとは大丈夫」

手を引かれて立ち上がり、そのまま歩き出して自動ドアをくぐった。外から吹き込んだ風が二人の髪をなびかせると、火照《ほて》っていた頬に冷たい空気が当たった。

握られた手の感触は覚えていない。まるでそこに心臓があるかのように脈打っていたからだ。

耳鳴りはいつの間にか消えて、高鳴った鼓動音だけが残っていた。

7

「その、実理科さんが公園で一目惚《ぼ》れした人が、大阪にも現れたってことですか」

祭家のキッチンで一緒に夕食をとったあと、詩織が言った。

「一目惚れ？」

実理科は聞き返した。

「明らかに」

詩織の言葉に実理科は黙った。

「とぼけてます？　まさか、自覚ないんですか」

一目惚れか。そうだなと、改めて思い直した。自分は啓太に一目惚れしたのか。いや、自分が啓太にそういう気持ちになったのは、見て惚れたというわけではなく、もっと……。

もっと違う何かがあった気がするのだ。

あの、ざわざわと迫り来るような感覚。今、最初に出会ったあの時のことを思い出しても胸が騒ぐ。しかし、それを詩織に話したとて「それが一目惚れ、っていうんですよ」と押し切られそうだ。

「もともと八重子さんの知り合いだった啓太という人が、偶然、実理科さんがいたそこの公園に現れた、ってことですよね」

続けて「本当に偶然なのかな」とも口にする。

「似た人だった、というオチじゃないですよね」

「ニット帽も、着ていたTシャツも同じだし、絶対に間違いないです」

実理科は言い切った。

「啓太は出展者の『Metallica KIMURA』（メタリカ・キムラ）のアシスタントとして、展示場に来ていたってことでした」

オフショットムービーの、木村《きむら》と紹介された巨漢の横に写り込んでいた。

「私には、美術屋なのだと話していました。もともとは沖縄出身で、映画の美術の手伝いを九州《きゅうしゅう》でやったり、アーティストの大きな作品のヘルプなんかをして、全国各地を渡り歩いている、って」

実理科の言葉に、詩織はややあって答えた。

「なるほど。でも実理科さん、その啓太さんとは、連絡取れるんですよね。ずっと呼び捨てですし。公園の一件の後、親しくなったってことでしょう」

「ま、まあね。そういうことです」

詩織の指摘に、実理科は歯切れの悪い返事をした。

啓太とはその一件以来、何度か会っている。付き合っているか、と聞かれれば、よくはわからない。八重子が不在の夜、ここに泊まったこともある。

だが……。

実理科は視線を下げる。

脇田は、八重子の死に鈴木啓太が影響しているのではないかと言った。

――わかっているんです。八重子さんが金沢の地で亡くなったことも。他殺や自殺の可能性がないということも。でも、私はあの大阪の出来事が気になって仕方がなくて。この鈴木という男が、八重子さんの死に何か起因しているのではないかと、考えてしまうのです。日本を経つ前に、いても立ってもいられなくなって。

脇田はここ数年、会社の移転に伴い移住の準備を進めており、来週には台湾《たいわん》に発《た》つのだと言った。

また、本意ではなかったが弁護士を通じて西川にも連絡を取ってみたところ、西川は鈴木啓太のことは何も知らなかった。

――私はそのことを、実理科さんには報告すべきじゃないのかと考えました。それにもう一つ気になることが。

思い出したことがあるのだと続けた。

――随分前のことになりますが、仲間内の何人かで、死に方や葬式について話していたことがありました。

その時、八重子が何気なく、「私の時は〝火〟に気をつけなきゃいけないらしいのよね」と、話したのだという。

脇田もそのことはすっかり忘れていたが、葬式の後、当時一緒だった友人の指摘で思い出したのだと言った。

――八重子さんが、私のしでかす失態を予言していたのかは分かりませんが、なんだかゾッとしました。もちろん、それは鈴木という彼とは関係ないと思いますが。

気がつくと、詩織が実理科の顔を覗き込んでいた。

実理科は、スマホで鈴木啓太を表示させた。本当は脇田と会った後、雅叙園からの帰り道で一度かけていたのだが、繋がらなかったのだ。

発信ボタンに触れる。

ツツツ、という音の後に呼び出し音が鳴ると思ったが、すぐに「おかけになった電話番号は現在使われておりません。番号をお確かめに――」という女性のアナウンスが聞こえた。

「嘘でしょ」

耳から離して、液晶画面の表示を確かめる。かけた先は啓太に間違いない。もう一度耳に当てて、アナウンスを確かめた。同じだ。

一度電話を切った。気を取り直して、もう一度啓太を表示させる。発信ボタンに触れた。だが、結果はさっきとまったく同じで、感情のないアナウンスの声が流れるだけだった。

「繋がらない」

叫びに近い声をあげる。

「雅叙園からの帰りにかけた時、繋がらなかったけど呼び出し音は鳴ったのよ」

それ以降に解約した、ってことなのか？　この数時間の間に？

詩織は気の毒そうな顔を寄越した。

「最後に、啓太さんと話したのはいつなんですか」

「葬式の夜。彼の方から電話がかかってきたんです。その時に、初めて八重子さんのことを話して。私が通夜で火事に遭遇したことも。そしたら、大丈夫？　大変だったね、って」

やっと、聞きたかった啓太の声を聞くことができたのがその時だったのだ。話したことは全部覚えている。

「彼は今、どこに住んでいるんです？」

「この前までいたのは江戸川《えどがわ》区の篠崎《しのざき》。都営新宿《しんじゅく》線って言っていたかな。椅子工場で手伝いをしていた、って」

「全部過去形ですね」

う。と実理科はつまる。その通りだ。知っているのは過去のことだけで、これから先の話は聞いていない。

「篠崎の椅子工場で五月半ば頃まで働くと言っていたから、ちょうどそれが終わったところだと思います。滞在は工場の隣に寝泊まりできる場所があってそこに」

「じゃあお葬式の夜、実理科さんと話した時にはどこにいたとか」

「東京にはいなかったわ」

「じゃあどこに？」

実理科は頭《かぶり》を振る。

「今、東京にいなくて、会いにいけなくてごめん、と」

「どこにいるのか聞かなかったんですか？」

実理科は詰まった。その後の自分のセリフは「大丈夫、大丈夫」だ。平気なふりをしてしまった。

「その後はどこで仕事だとか言っていましたか？」

実理科の目が泳ぐ。

「いや、特に聞いては……」

「付き合っていたんですよね？」

「だってまだ、付き合うとかなんとか、そういう話を具体的にしたわけじゃないですし」

「急にウブなとこ出してきますね」

詩織に言われ、実理科は自分の言葉が恥ずかしくなって視線を逸らす。

それよりもさっきの電話のことで、もう啓太と自分を繋ぐものは何もないのではないかと、不安で落ち着かなくなる。

啓太は自分を避けているに違いない。実理科の着信履歴は見たはずだ。

「他に何か心当たりはないですか。小さなことでも」

詩織は実理科の気持ちはお構いなしに、冷静に話を続けた。

実理科は電話での会話を頭の中で再現する。実は一言一句、忘れてはいない。

考え込む実理科を見やりながら、詩織はテーブルの上にあった急須《きゅうす》に湯を注いだ。

「……そうだった」

「はい？」

「そうだった」

詩織が実理科を覗き込む。

「いえ。彼、『そうだった』って」

「何がですか」

「通夜の後、火事騒ぎになって、と話した後に『ああ、そうだった』って言ったの」

そうだ。

その言葉が気になってはいた。だがすぐに怪我の具合はどうかと聞かれ、その小さな独り言はスルーしてしまったのだ。

「知っていた、ってことですか。火事のこと。でも、ネットニュースに載ったからそれで」

何社かのネットニュースには、『世田谷《せたがや》区の斎場でぼや騒ぎ、負傷者』の記事が掲載されていた。

「その記事を見たから知っていた、ということですよね」

「多分……」と実理科は鈍く返した。

「ちなみに啓太さんの写真、ありますか。八重子さんの知り合いだとしたら、ひょっとして私も見たり、会ったりしたことがあるかもしれない」

実理科は手元のスマホから一枚の写真を出した。公園で助けた子供と、その母親と再会したとき、子供にせがまれて撮った写真だ。

まだ額にガーゼを貼った弟と兄、啓太と実理科の四人が写っている。

眩《まぶ》しい目をして優しく微笑む啓太の顔。

詩織は写真をしばらく眺めて唸《うな》ったあと、「んー。記憶にありませんね」と言った。

「解せないのは、彼は実理科さんの氏名をちゃんと知っているわけですよね。〝祭〟だって、恐ろしく珍しい苗字《みょうじ》だってこと」

実理科は頷いた。

「八重子さんの氏名だって当然知っているわけだから、実理科さんの苗字を聞いたとき、少しくらい反応してもいいんじゃないかと思って」

「だから隠していた、ってこと？」

「ええ。何か理由があって、八重子さんと実理科さんに近づいたのでは」

実理科は眉根を寄せる。

「なんの理由で？　詐欺的なこと？　でも、うちには財産もないし、それにそうなら、こうやって行方をくらます訳がわからないし、必要もないし」

「例えば、言いにくいことですが、隠し子……とか？」

実理科は動きを止めた。

つまり、啓太が八重子の子供で、実理科と啓太は兄妹《きょうだい》だとか？

「いや。それだと、その……」

ここで、啓太と過ごした夜が頭に蘇《よみがえ》り、顔が火照《ほて》るのを感じた。目が泳ぐ。詩織を前に、そんなことを思い出していること自体、恥ずかしくてたまらない。

詩織は実理科の赤くなった顔をじっと見る。

「やっぱり、そうですよね」

詩織は腕を組み直した。

「付き合っている、付き合っていないはさて置き、そういう関係だったと」

バツが悪くて視線を逸らした。

「まあそれに、彼は八重子さんとまったく似ていないです」

詩織は液晶の写真にもう一度目をやると、深いため息を吐いた。そして、忘れ去られていた茶の残りを一息に飲んだ。

実理科も同じように、残った茶を喉に流し込んだ。

「というか、詩織ちゃんこそ、なんでそんなに食いついてくるんですか？」

「気になるからですよ」

少しキレ気味の声音で答える。

「だってその啓太さん、八重子さんに何を渡したんですか？　運命の日ってなんですか。実は二月に大阪から戻って、様子が少し変だったことは、私も分かっていました。金沢へは仕事でしたけど、先月は一人でいきなり沖縄に行ったりして」

詩織は、八重子がいつも持ち歩いていたシステム手帳から一枚の紙を取り出した。手帳は脇田と西川のことがあって一度は実理科が目を通したが、その後は仕事の引き継ぎや処理のために、詩織に預けていた。

「随分古いものみたいですけど、ご存じですか?」

それは、折り畳まれた部分が千切れそうになっている一枚のメモ用紙だった。だがそこにある文字は、紺色のインクが鮮やかで、最近書かれたようにも見えた。

〈フラワー・チャイルド　キャン・テル　沖縄県宮古島《みやこじま》市太平《たいへい》×××番地　0980-79-XXXX〉

フラワー・チャイルド。

七十年代の、アメリカのヒッピーのイメージしか浮かんでこない。沖縄にある花屋の名前だろうか。それとも沖縄の食品会社とか? キャン・テル……。電話できます、ってことか。

いや、そんなことより、この筆圧が強めの、右上がりの整った文字。

この字は――。

「この筆跡……。父の字だと思います」

詩織が目を大きく見開いた。

「え。でもお父様、確かずいぶん前に亡くなられたと八重子さんが」

「もう十年経ちます」

二人は、万年筆の紺色の字を見つめた。

「じゃあ、必然的にこれは十年以上前のメモ、ってことですか」

「そうなりますね」

詩織は、傍《かたわ》らに置いていた手帳を持ち上げた。

「ちなみにこの手帳は、去年の暮れに新調したものです。するとこのメモは、長年手帳に挟まったまま忘れられたものではなく、八重子さんがまた、わざわざ挟み直したということになります。つまり、大事に持ち続けていたもの」

詩織の力説に、実理科は眉をひそめる。

「なんだか少し気になって。もし仕事関係の店だとすると、八重子さんのこともお伝えした方が良いですし。一度その番号にはかけてみましたが、もう使われていませんでした」

詩織はテーブルの上に置いたメモを実理科の方へと差し出した。

「啓太さんの出身地も沖縄だと言っていましたよね」

「それとは関係ないと思いますけど」

実理科は礼を言って、メモを引き寄せる。

「啓太に聞きたいことがたくさんあるけど、もう、連絡がつかない気がします」

弱気になってそれを口にした途端、実理科は喉がきゅっと締め付けられたような苦しみを覚えた。泣いてしまいそうだ。

また、自分は除外されたのか……。必要とはされないのだ。

「電話番号以外に、インスタとかＳＮＳの類《たぐい》は？」

力なく頭を振った。

「でも、会って話を聞かないと気が済みません」

詩織は言った。

「私だって脇田さんの意見に賛成です。絶対に八重子さんの亡くなった真相を、啓太さんは知っていますよ。警察からの解剖結果は出ていないですけど、警察だって見落としているかもしれませんし」

「詩織ちゃん、そんなこと疑っているの？」

「だって八重子さん、前日の晩はあんなに元気だったのに。私、どうしても納得がいきません。ぜったいに何かある気がするんです」

詩織は涙目だ。

「それで実理科さん、結局脇田さんからの頼み、承諾したんですよね」

脇田は最後、頭を下げて鈴木を捜してほしいと頼んできた。もし、費用がかかるなら自分が金を出すとも言った。

「一応、できる限りでやってみるとは答えたけど、金なんて出してもらえるわけがないし、脇田さんにそこまでしてもらう道義もないし」

「いいじゃないですか。恋人だったのかはともかく、あの人は八重子さんのこと、好きだったんですから。だから知りたいんですよ。わかります。私だって同じですから」

八重子の死に啓太が起因しているのではないかと、脇田は言った。

信じたくない――。

本当に二人が元々知り合いだったのか？　脇田から写真を見せられてからずっと考えている。

仮にそうだったとして、偶然が偶然を呼び、啓太は実理科が八重子の娘とは知らずに、世田谷の公園で出会ったというのか。

そんなことがあるだろうか。

やはり、啓太は何か目的があって自分に近づいたのだろうか。

しかしそう考えると、突然連絡先を変えてしまったことに何か繫がるような気もする。

啓太と八重子は、大阪で偶然会ったようだと、脇田は言った。それだって脇田の証言であって、真実かどうかはわからない。

怖いが真実を知りたいとは思う。八重子は大阪で、啓太から何を知らされたのだろうか。どんな考えでこの数ヶ月を過ごしていたのか。

本当に金沢で命を落としたのは、避けられなかったことなのか。

「確かに知りたい」

実理科は詩織と、そして同時に自分に向けて言った。

啓太に直接会って、何があったのかを聞きたい。

そして何より、啓太に会いたい。

実理科はバッグから一枚のカードを取り出して、テーブルに置いた。

「Metallica KIMURA（メタリカ・キムラ）。啓太さんがついていた人ですね。脇田さんにもらったんですか」

「ええ。面識はないそうですが、百貨店の担当者が送ってきた資料の中にこのカードが入っていたって」

詩織がカードの表裏を確かめる。

「インスタの情報だけか」

手元にスマホを引き寄せて、ＱＲコードを読み込んだ。

「あった」

見せられた画面には、鮮やかな油絵のようなアイコンが映っていた。並んだ写真には、立体を感じる絵画や、額縁から飛び出す絵本のような、彫刻でもなく、絵画でもないアート作品が写っていた。

「インスタで、ダイレクトメッセージを送ってみましょう。八重子さんの公式アカウントは私が管理していたので、ここからやってみます」

あっという間に、目の前で詩織がメッセージを送った。

第二章　大阪

1

「エレベーターは向こうやで」

「なんや、えらい遠いのお」

新大阪駅に到着すると、中年と思《おぼ》しき男性同士の関西《かんさい》弁が耳に飛び込んできた。芝居めいて聞こえる発音は、ドラマの一幕にでも入り込んだ気持ちになる。口元が自然に綻んだ。

啓太もきっとこの駅を利用しただろうし、こんな関西弁の渦の中で働き、過ごしていたのだ。勝手にすべてが愛《いと》おしい気持ちになる。

しかし、そんな悠長なことを思っていたのもほんのひと時だった。突っ立っていた場所が、人の往来に邪魔な場所だったようで、すぐにトランクと一緒にホームの端に追いやられた。のんびり進んでいると怒鳴られそうである。

トランクの扱いに手間取りながらようやくエスカレーターに乗ると、今度は背後からイラついた足踏みが伝わってきた。

しまった。逆だ。

実理科はトランクを右側へずらし、自分も右へと移動した。待ってましたとばかりに、スーツ姿の男性が左側を早足で歩き抜けて行く。

「忙《せわ》しない男やなあ」

後方に立っていた年配女性が、男を目で追いながら、子供に叱るような口調で言った。それがあまりにも大きな声だったので、実理科はつい女性を見てしまった。

赤い口紅に白い肌。くりっとカールし色褪《いろあ》せた茶髪に、首元にはハイネックの豹《ひょう》柄のカットソーがのぞいている。カーディガンはよく見れば、赤の透かし豹柄だ。合わせたネックレスの赤も効いている。テレビなどで見かける「大阪のオバチャン」情報より、はるかにおしゃれに見える。

豹柄女性は、実理科に向かって「なあ」と同意を促し、大げさなウィンクをして微笑んだ。そして階下に到着するやいなや、足早に去って行った。

駅のホームに降り立ってからまだ数分しか経っていないのに、既に濃い目の大阪を味わった。

地下鉄の切符売り場で壁際に寄り、スマホを取り出す。詩織に手配してもらった民泊の情報を液晶に表示し、場所と最寄り駅名を確かめた。

地下鉄御堂筋《みどうすじ》線で心斎橋《しんさいばし》駅まで行った。そこで乗り換え、長堀橋《ながほりばし》駅で降りる。そこから地上に出て、スマホの地図案内を頼りに、トランクを引きずり歩き回った。

しばらく表示を確認しながら歩くが、どうも到達しない。もうすぐ、もうすぐと思うのだが違う。通りを間違えているのだろうか、入り口がわからない。目印の履き物店と思われるシャッターの前で再度足を止めた。ここかどうか確信が持てなかったが、やはり案内が告げている場所はここで間違いがないはず。

「スーパーホスト　Nagahoribashi,Osaka　ホスト名／TORAさん」

リンクの行き方ガイドと、手元の液晶画面の向きを変えながら、自分の位置を再度確認した。立ち止まり、口をぽかりと開けて上を向く。嘆息するとコンクリート壁が剝き出しの、ビルの前にしゃがみ込んだ。膝を曲げ、ふくらはぎを刺激すると途端に脚が楽になった。

はあ……、と表情を弛緩《しかん》させた。

出だしからこんなことでは先が思いやられる。目を閉じてゆっくりと息を吸い、深呼吸をした。気持ちを整える。

「すいません」

頭上から男の声がした。見上げるとアロハシャツを着た長髪の中年男性がいた。

「そこ」

男に背後を指差され、振り返る。コンクリートと同じ鼠《ねずみ》色の鉄板はよく見ると扉だった。さびれ具合も壁と溶け込んでおり、気づかなかった。

「ごめんなさい」

実理科は慌てて立ち上がった。膝がきゅっと笑ったように震える。

「上のお客さんじゃないの？」

トランクを支えて立つ実理科に、男が上を指差しながら言った。

「ホスト名、TORA《トラ》さんですか？」

「ここのオーナーの名前が寅吉《とらきち》でね、あいつが上の部屋、去年から貸してるんや。この道からは見えにくいけど、その奥にエレベーターがあるから。それで三階に上がったらいいわ。入り口がわかりにくいから、ようここで迷ってる人と遭遇するんよ」

礼を言い、男が説明してくれた場所に歩を進めると、確かにそこにエレベーターがあった。これはわからなくて当然だと口を尖らせた。

エレベーターの脇に二つ、ダイヤル式の郵便受けがあった。指定されている三〇一のボックスを見る。申し込み時に知らされた数字でロックを解除し、封筒に入った部屋の鍵を手にすると実理科はようやくチェックインした。

部屋自体は二十畳ほどあるワンルームで、大きめの窓に向けてベッドが斜めに配置してある。以前観たことのある海外ドラマの、主人公が住んでいた部屋と似ているなと思った。生活感がなく、イケアの家具売り場の一角みたいだ。

腰を落ち着ける前にトランクを開け、窮屈に折り畳まれた服を解放しクローゼットに吊るした。化粧品やヘアケア、洗面道具類は洗面所に。パジャマはベッドの枕元に載せた。居心地よく、日常に近い形をつくって徐々に気持ちを落ち着かせていこうと試みる。

約束の場所を今一度、スマホの地図アプリで確認すると一階に下りた。

さっき実理科が座り込んでいた扉一面が、すべて開放されていた。

そこは八十年代のアメリカ映画に出てくるような印象の、ヴィンテージカフェだった。

真ん中には赤いレザーソファ、傍らにキャメル色のスツールとブリキで作られた宇宙人のオブジェが存在感を放っている。壁の棚には、雑誌『ムー』と数々のＤＶＤジャケットが飾られていて、続く白いスクリーンには何かの映画が映し出されていた。

先ほどの男ともう一名、同じように半袖のアロハシャツを着た坊主頭の男がいた。二人で何か言葉を交わし合うと、実理科の元へやってきた。

「こんにちは。ようこそ。オーナーのトラこと寅吉です。入り口がわかりにくうてごめんね。今もこいつに怒られてて」

「こいつてなんやねん。俺は地下のサウンドスタジオの店長で井上《いのうえ》です。お客さん、めっちゃ疲れた顔してしゃがみこんでたもんな」

井上は垂れた目尻を下げて笑った。

彼の向こう側には、地下に下りる階段が見えた。手すりの角に下げられた札に『SOUND STUDIO rumor』（サウンドスタジオ・ルーモア）とある。

「えっと、お客さんの名前は確か……」

寅吉がカウンターの中に目を走らせた。

「祭実理科です」

「まつり！　そうそう。珍しい苗字やなあと思てたんです。僕の好きな本出してる教授と同じ名前やし。ひょっとして親戚とか」

教授と同じ、という言葉を聞いて、実理科の心臓が跳ねた。

きっとそれは父の——。

思わず目を瞑った。

「漢字は、いわゆるお祭りの祭り？」

井上が聞いた。

「そう。フェスティバルの祭り。それで、下の名前がみりかさん」

寅吉がカウンターに予約リストの紙を出して言った。

「漢字は？」

また井上が聞いた。

「お前、漢字のことえらい気にすんな。果物の実に、国語、算数、理科、社会の理科」

「おお。ええ名前や。実る理科」

「どこ目線のコメントやねん」

「興味よ、興味。名は体を表すいうやろ。名前には、付けた人の思いと背景があって、特に漢字にはそれが強く出るからさ」

寅吉が「ふうん」と受ける。

「ほんなら実理科、やと、付けた人は理科の先生、とか科学者ってとこやな」

実理科は時が止まったように、じっと寅吉の顔を見ていた。同時に入り口から聞こえた「毎度～」という業者の声に、その問いはかき消された。

「井上さんのリクエストの豆、到着したで」と井上に言いながら、寅吉はやってきた業者のもとへ向かう。

井上がカウンターの上にあるコーヒー豆の瓶を触った。名前の興味はすでにコーヒーへと移っている。

「祭さん、時間あったらコーヒーでもどうですか？　このカフェは寅が気まぐれでやってるから、オープンの時間がまちまちで信用ならん店やけど、コーヒー豆だけはちゃんと選んで仕入れてるから、味は美味《おい》しいですよ」

「だけ、てなんやねん」

寅吉はすでに新しい袋から、スクープで豆を掬い出している。

「ぜひと言いたいのですが今は時間がなくて。また明日にでも」

実理科は礼を言った。

「夜には酒も出してるんで、帰ってきた時でも、よかったら覗いてやってください」

二人は妙な笑顔を見せた。

「ほな気をつけて、実理科さん。エンジョイ大阪」

「気いつけて行ってらっしゃい。エンジョイ大阪」

歌い合わせたような二人の言葉に、実理科は送り出された。

2

実理科の父、秀之は丙午《ひのえうま》の年に生まれた。

そのせいかどうか、好きだった科学と宇宙のことと、迷信の関わりを探ることが好きな賢い子供だった。小さい頃は兄の影響で読んだ理科や科学、宇宙の本と一緒に、心霊現象や占い、超能力をはじめとする超常現象の本も持ち歩いていた。七歳の時に、大阪出身の物理学者、江《え》崎《さき》玲《れ》於《お》奈《な》がノーベル賞を受賞するとさらに興味は大きくなった。

やがてその好奇心は、秀之を物理の研究室へと誘った。中学、高校と成績ランクを常にトップクラスにつけると、難なく国立O大学に入学し、大学院まで進んだ後上京し、量子化学研究室へ籍を置いた。

その頃、学生時代に同じ教授のもとで学んでいた友人の紹介で、環境学を専攻していた同郷である大阪出身の八重子と出会い、結婚。翌年授かった長女は、秀之の思いもあって、『実理科』と名付けられた。

研究室では教授の覚えもめでたく、実理科が三歳の時には教授に同行し、カリフォルニアで催された学会へも出席することになる。

そこで秀之は、ノーベル賞科学者のブライアン・ジョセフソン教授の話に、大きく傾倒する。彼は超常現象や超心理学を信じる類稀《たぐいまれ》な科学者としても有名であり、神秘的現象を科学的理解で繋げようとするその研究は、まさに秀之の永遠のテーマであった。

その後、ブライアン教授の推薦もあり、カリフォルニア北部のペタルマにあるノエティックサイエンス研究所への入所を決めたのだ。

そこで一家は、七年間を過ごすことになった。

実理科は、その期間のおかげで今でも英語を話すが、その頃の記憶は非常に曖昧だ。両親には、「違いすぎる環境に、精神的に少し疲れていたからじゃないか」と言われて一応の納得はしているものの、幼い自分にそんなことがあり得るのかと、解せない感はある。特に六、七歳の記憶は、すっぽりと抜けているのに理由もわからない。


道頓堀《どうとんぼり》の戎橋《えびすばし》は、平日の昼間だというのに人でごった返している。顔を上げると、体操服を着た男性の、有名な看板が目の前にあった。

「失礼ですが、祭さんですか？」

声をかけられて振り向くと、体格の良い男性が立っていた。半袖シャツの袖口から伸びる腕は筋肉で盛り上がっており、そこに無数のタトゥが刻まれている。

「メタリカ木村です」と男は言った。

サングラスを外すと、優しい小さな目が姿を現し、一転して最初の印象を変えた。

実理科は見上げながら礼を言い、頭を傾けた。

一昨日、詩織が送った「鈴木啓太」の名前を書き込んだインスタのメッセージに、すぐに前のめりな返信があった。メタリカも実は啓太を捜しているというのである。

今週は仕事で大阪を離れられないというメタリカと、何度かのやり取りの末、実理科が大阪に向かうことにした。詩織も一緒に来たがったが、あいにく決まっていた撮影の仕事があり、それは叶わなかった。

言葉少なにメタリカの案内で人混みの中を抜ける。喧騒が遠のき、ひと息吐いた場所にコーヒー専門店の看板を掲げた喫茶店があった。

「すぐそこは法善寺《ほうぜんじ》いう、水掛不動尊のあるところです」とメタリカが言った。

「有名な場所なんですか？」

両親は大阪出身だが、ここで育っていない実理科は、ほとんど大阪を知らない。

「そうですね。苔《こけ》いっぱいのお不動さんに水掛けて願い事すると、叶うと言われています」

「苔……？」

「はい。苔です。見たらわかります。後で、鈴木くんが見つかるように、水掛け祈願に行きましょうか」

実理科は頷いた。

コーヒーをオーダーした。お互いの、啓太との関係を軽く話し合うと、本題へと入った。

メタリカ木村の口から聞いた実理科の知らない啓太は新鮮で、理由はわからないが心を落ち着かせた。

「祭さんが鈴木くんと最後に話したのは、お母さんのお葬式の日、五月十九日の夜、ということですよね」

実理科は頷き、スマホの履歴を出して見せた。

「ちょっといいですか」とメタリカは自分のスマホを出し、啓太の番号を表示させた。実理科の手元に表示されている啓太の番号と照らし合わせる。

「違いますね」

実理科とメタリカは顔を見合わせた。

「鈴木くんは、大阪で使っていた番号と、東京で使っていた番号が違います。なんで変えたのかはわからんけど」

「このタイミングからして意図的ですよね」

「ですね。仕事ごとに変えてる、ってことかな。でも、そうしたら仕事が続かなくなって困ると思うんやけど」

メタリカが一枚のチラシを、タブレットに表示させた。二月に開催された阪大百貨店の『おおさか食文化会』のものだ。

環境料理家のゲストスピーカーとして八重子の名前と、スパイス研究家として脇田の名前もあった。八重子の写真は遺影と同じものだ。

「祭八重子さんのことは、うっすらとしか覚えていなくて。うちらは一週間展示でしたけど、トークイベントは一日でしたし。あの日は雪予報が出ていたというのに、ありがたいことにすごい人出で、自分の作品ブースにつきっきりで、鈴木くんが祭さんのお母さんに会いに行ったことも、全然知りませんでした」

メタリカは、啓太が八重子と知人だったことも知らなかったという。

「けど、展示会のチラシを渡した時、食文化会の面をあまりにじっと見入ってたから、『誰か知ってる人でも？』と聞いたんです。でも、違うって。今思えば、祭さんのお母さんに反応してたんかな。でも、なんで隠すんやろか」

確かにそこがわからない。単に説明が面倒臭かったのだろうか。それとも、言うほどの知り合いでもなかったということか。

メタリカは、半年近く啓太と一緒に仕事をしたと言った。

「自分は、造形看板なんかを制作している工房におりまして。受注が重なって仕事がパンクしそうになってたとこに、紹介で入ってきたんが鈴木くんでした」

造形看板とは、かに道楽のカニやラーメン屋の龍などの立体看板、置き型の広告オブジェなどのことだと説明してくれた。

「去年の九月でした。取引先でライブハウス経営をしている岩根《いわね》社長が、忙しいんならええ人がおると、紹介されたのが鈴木くんでした。福岡から来たと聞いて驚きましたけど。だから大阪来て最初の頃は岩根社長のところに滞在してました。そのあとは、うちの工房の寮が空いたのでそこに」

毎日のように一緒に仕事をし、食事もほとんど共にとっていたという。

「酒には強くないのに、俺らの飲み会にもよく付き合ってくれて。鈴木くんがおると、なんかみんな和やかになって。口数は少ない方やったけど、時々話す沖縄の方言も、めっちゃ優しい響きで」

実理科は啓太の笑顔が頭に浮かび、思わず目を細めてしまった。

「かなさんどーっ」

急にメタリカが両手を振り上げて、小さく叫んだ。

「え？」

実理科が驚いた顔をメタリカに向ける。

「いや、すいません。これ、鈴木くんが初めてみんなの前で酔っ払った時にやってから、仲間内でずっと流行《はや》ってって。失恋して、どん底に落ち込んでたキーボードの子を励ますのに、急に両手振り上げて叫んだんです。それまで、ずっとポーカーフェイスやったのに」

メタリカが思い出し笑いで口元を緩めた。

「沖縄の言葉で『愛してるよ』の意味らしいけど。キーボードの子、って言うても四十代半ばのおっさんなんです。そいつ相手にそれを叫ぶ鈴木くんがおもろくて。それからうちらの中で、落ち込んだり疲れたりしてる仲間見つけたら、両手振り上げてこれを叫ぶようになって。愛は地球を救うし、おっさんも救うとか言うて」

今度は、メタリカは歯を見せて笑った。

実理科は公園で子供を抱き上げ、なだめていた、啓太のしなやかな手を思い浮かべた。あの手を大阪では振り上げ、おっさんに愛を叫んでいたのかと考えると少しおかしくなった。

「確かに、おもろい、ですね」

実理科は言った。

岩根社長のライブハウス『鹿鳴館《ろくめいかん》』にも、バンド仲間でよく集まっていたという。

「三月の半ばに仲間内で、東京に行くという鈴木くんの送別会をしました。それまで、毎日のように会って一緒に仕事していたから、その気になれば、いつでも会えると思ってました」

そして先月、思いもよらなかった嬉しい知らせが舞い込んで来たことで、初めてその事実に気がついた。

啓太と一緒に手がけた立体絵画の作品が、西日本新聞主催のアート大賞芸術部門で特別賞を受賞したのだ。同時に、それを見た企業からのオファーで、再来年に大阪で開業予定のホテルに飾るオブジェ壁画五十点の依頼が来たという。

「すごい。おめでとうございます」

「ありがとうございます。ほんま、ありがたいお話なんです。けど、実は俺一人で獲《と》ったんじゃないですし。依頼された仕事も、俺だけでは、絶対にできません。鈴木くんの力がないと難しいんです。そもそも共同作品やったから、制作者名もユニット名にしようと提案したんですけど、鈴木くんが乗り気やなくて」

結局、『Metallica KIMURA』（メタリカ木村）の名で応募したという。

もたらされた吉報と新たな仕事の依頼に沸き立ち、先週、啓太に電話をかけた時にこの非常事態が判明した。送別会後は、自らの仕事が繁忙期ということもあり、連絡をしたのはたった一回で、その時電話は繋がらなかったのだが、大事には捉えなかった。

「携帯を新しくしたんかな、じゃあまた鈴木くんから連絡くれるやろな、くらいにしか考えてなくて」

メタリカは視線を落とす。

「祭さんが鈴木くんと会った時には、その篠崎の椅子工場での手伝いが、五月半ばで終わると言うてたんですよね」

「ええ。その後のことは特に何も」

「実家に帰るとか？　いや、実家の話は聞いたことがないな。おじさんが沖縄にいるとは言うてたけど」

実理科は手元のコーヒーカップを握る。確かに、啓太は沖縄出身だと実理科にも話したが、それ以上の情報がほとんどないことに今更ながら気づく。

実理科と同じ一人っ子だとは聞いた。

では両親は？　沖縄のどこ出身？　おじさんの影響で美術の仕事をしていると話していたけど。その技術はどこで学んだのだろう。高校？　大学？

どの答えも明確には知らない。唇を嚙んだ。

「とにかく、鈴木くんを知ってそうな人を、片っ端からあたっていくしかないと思ってます。他の誰かに、ひょっとして連絡してるかもしれへんし」

実理科は頷く。目の前には使われていない電話番号しかないのだ。

「ほんで一回、情報全部並べてみましょう。岩根社長の息子の泰之《やすゆき》なら連絡がつきます。鈴木くんがどんな経緯で大阪に来たのか、何か知ってるかもしれません。実家や家族の情報なんかも得られたらいいですし」

メタリカは前のめりになった。

「というか、明後日《あさって》の昼、九条《くじょう》という場所でライブがあるんです。自分もちょっと出演せなあかんのですけど。そこに鈴木くんと交流のあった子らも来ると思うんで、そこで聞き込みしてみましょう」

3

・鈴木啓太。二十九歳。
・沖縄県出身。一人っ子。美術の仕事で、全国各地で活動。
・おじが現在沖縄在住。
・昨年の九月、西九条のライブハウス『鹿鳴館』の岩根社長の紹介で、福岡から大阪へ。マルニ工房で働き始める。メタリカ木村と会う。最初の二週間は岩根社長宅に滞在。その後、マルニ工房寮に住む。
・二月十日、大阪の阪大百貨店で祭八重子と会う。メモを渡す。
・三月十五日に東京へ。篠崎の椅子工場で、椅子の製作を二ヶ月間（五月半ばまで）。
・四月二日、世田谷区の富士見公園で祭実理科と会う。

・五月二十日に最後の通話。二十八日にコールした後、番号が使用不可に。

実理科の知っている啓太は、黒のニット帽、無印良品やユニクロのシンプルな服と、古着を好んでいた。細身なのでMサイズで、背はおそらく一七〇センチ代後半。靴は、白いワンスターのスニーカー以外、見たことはない。

髪は長髪未満の緩いウェーブ。笑うと目尻が下がって、優しい顔立ち。

メタリカの話でも、啓太は自分自身についてほとんど語っていなかった。

福岡では、映像系の美術を手掛けていたという。実理科は、福岡という地名さえ耳にしなかった。もっとも、実理科が啓太と会ったのは、公園で出会った日を除いて、たったの三回なのだ。

長堀橋の宿へと戻った。ヴィンテージカフェ『TORA《トラ》』では、開け放たれたオープンスペースから音楽がご機嫌に鳴っていた。

道にせり出しているビアグラスのオブジェは、実理科の肩くらいまである大きなものだ。メタリカが制作している造形看板は、これをいうのだろうなと思いながら、店を訪ねることはやめておいた。

脇からエレベーターに回り、三階へ上がる。ちょうど一緒になったカップルがいて、彼らは四階を押した。手を繋いだ二人の指が、がっちりと絡んでいるのが視界に入ってきた。「恋人つなぎ」というやつだなと、実理科は少々鼻白んだ。

部屋に入り、窓を開けて換気をする。

「疲れた……」

思わずひとりごちた後、口が半開きになった。腰を下ろしてソファに背中を預けると、そこから体が溶け出して沈んでいく。

歩いた。久しぶりに歩きすぎて、ふくらはぎは錘《おもり》でも詰め込まれたように膨らみ、熱を持っている。アシスタント業で、たくさん歩くことには慣れているつもりだが、今日はそんな実理科でも堪《こた》えるほどだった。

バッグからスマホを取り出して液晶を確認する。入っているメッセージ三件はすべて詩織からだ。

――篠崎の椅子工場、江戸川区全体だといくつかありましたが、「篠崎の」と言える場所には三つ。
――◎ししぼね舎工房　◎有限会社マサキ木工所　◎（株）創英《そうえい》椅子製作所
――この三つのうち、都営新宿線篠崎駅に近いのは、ししぼねと創英。

実理科は帰りがけに手に入れた、冷えた炭酸水を一口飲むと、壁に貼られたガイドに従ってワイファイを繋ぎ、タブレット端末で詩織とオンライン画面を立ち上げた。

「篠崎の情報ありがとうございます」

「マサキ木工所はホームページ自体がありませんでした。電話帳サイトに名前と住所だけで社員数の記載なしで規模は不明。グーグルマップで見てみたら、シャッターが下りている写真で、おそらくはもう営業していないのかもしれません」

これです。と、ノートパソコンの画面をこちらに向けた。

グレーで簡素なシャッター。上部に愛嬌《あいきょう》のある古いフォントで『マサキ木工所』とある。

「ししぼね工房は簡単なホームページがありました。今、リンクを送ったから見てください」

リンクがスマホに送られてきた。すぐにアクセスする。

シンプルなデザインだが、センスよく作られたページが表示された。

「会社概要のページを見たら、設立は昭和五十二年で、従業員数八名。椅子だけじゃなくて、家具全般の修理や製作を手掛けています。ただ、ここを『椅子工場』と表現するのかな、というのが引っかかります」啓太さんはそう言ったんですよね」

「そう。『篠崎の椅子工場』、って言ってた。確かにししぼね工房なら、『椅子工場』じゃなくて、『工房』って呼ぶのが自然な気がします」

「最後に、『(株) 創英椅子製作所』なんですが、ここは大きいです。検索かけると、一番上に出てきます。ここの会社名に〝椅子〟がついていますが、家具の取り扱いが主で社員は三十名。タイにも工場を持っていて、従業員数百二十。ここなら『椅子工場』と呼んでしまうと思います。立地も篠崎駅に近いです」

実理科のスマホに表示された、ホームページもカテゴリー分けされた家具類、介護家具の取り扱いやリンクページの多さなど、手広く事業を展開している印象である。

「そこが本命かな」

「明日、土曜日だから人がいるかどうかわかりませんが、空いているので行ってみますよ。どうせ電話したって答えてはもらえないし。行ったらとりあえず何かわかるかもしれません」

実行力のある人だとは思っていたが、詩織はやることが早い。八重子が詩織を頼っていたのも十分納得できる。

実理科もメタリカとの会合の顚末《てんまつ》を話した。

「ライブ、明後日なんですよね？　私も行けたらいいんですけど」

「来てくれたら心強いですけど。無駄足になる可能性も大きいです。収穫が得られることを祈ってます」

明日の夜にまた互いの報告をすることを約束して、オンラインを切った。

赤い橋が映っている待ち受け画面を見つめながら、スマホを手に取る。

あっさり今、啓太が電話をかけてきたりしないだろうか。

――ごめんね実理科ちゃん、機種を変えたら連絡先がわからんようになって。

――スマホが突然壊れてしまって。変えたんさ。

――え？　大阪にいるの？　メタリカと会ったの？

なんてそんな調子で、二人で過ごしたあの時に、秒で戻らないだろうか。

もし、何かのアクシデントでスマホを落としたり、壊したりしたら、実理科やメタリカの連絡先も失くしたかもしれない。そうだとしたら、あの世田谷公園に啓太は再び現れるのではないだろうか。

そんな可能性を考えて、大阪に移動する前日も公園へ訪れてみたが、会えるはずもなかった。それに、よく考えれば啓太は実理科の家を知っているのである。本気で彼が実理科に会いたいと思ったのならば、訪ねてくるだろう。

正直、普通に「振られた」ということなのだと思っているが、認めたくない気持ちが大きすぎて、確信に変える決心がつかない。

また選ばれなかっただけ、外されただけ。と考えてみるのだが、八重子との接点を考えるとどうも解せない。ただの偶然の重なりなのか。

八重子と啓太が知り合いだった。どこで？　いつから？

生前、数年に一度くらいの頻度では沖縄に行っていた。それに、確かに先月にも行っている。詩織も話していたが、何の用事だったのだろう。那覇《なは》でたった一泊だけして東京へ戻っている。

窓を開けた。顔を外へと突き出す。見上げた空は濁った曇り空で、おぼろげな三日月が実理科を見下ろしている。

月をじっと見ていると、何が起こってもおかしくないと思えるから不思議だ。微かな風が頬を打った。

啓太は、この月をどこかで見ているだろうか。

この風は、彼と繫がっているだろうか。

どこからか、風と一緒に女の喘《あえ》ぎ声が飛んできた。

「なんや冴《さ》えへん顔してはりますけど、大丈夫ですか？」

コーヒーカップに口をつけた時、オーナーの寅吉が話しかけてきた。

「昨夜《ゆうべ》、よく眠れなくて」

そう言った尻から、昨夜散々聞こえてきた女の喘ぎ声が実理科の頭に蘇る。

こめかみを押さえながら、コーヒーを置いた。

昨夜、詩織と話している間は気づかなかったのだが、会話を終えて窓を開けたら、女の甘い声が耳に入ってきた。その営みの声は実理科にケチをつけるように、せっかくの新鮮な風を生々しいものに変え、実理科の一切の眠気をさらっていったのである。

「枕が変わったら寝られんタイプですか？」

「いえ。そんなこともないんですけど……」

いっそクレームを言ってみたい衝動に駆られたが、そういうことはどうも言いにくい。後で寅吉があのカップル客に注意して、と考えるとばつが悪すぎるし、それを黙って聞いていたことを想像されると思うと、恥ずかしくて消えそうだ。寅吉は、誰からのクレームだなんて言わないだろうが、ここは二部屋しか貸していないのだから実理科の苦情だということは一目瞭然《りょうぜん》である。

実理科は押し黙った。

「まあ、そんな夜もありますよね」

寅吉が言った。

昨日はどこに行ったのだと聞かれ、道頓堀だと答えると「おもろいとこやけど、人が多かったでしょう。わし、最近あそこ行くと頭痛くなりますねん」と言った。

「ナンパ橋《ばし》やから、ナンパされたんと違います？」

横入りしてきたのはスタジオの井上店長で、今朝は早くから二人が店に揃っていた。

「戎《えびす》橋のことですか？」

「そう。あの橋はナンパが多いから、昔からナンパ橋て呼ばれてるんですわ」

「へえ。確かに若い人が多かったですね。実はそれより、遊園地みたいな派手な看板に気を取られていました」

「ははは。今の道頓堀は、遊園地より派手かもな」

寅吉が答えた。

実理科は明日に行く予定の、九条のイベントについて聞いてみた。

「明日の九条のイベントて、これのことかな？」

カウンターの端に置かれていたフライヤーを寅吉が差し出してきた。覗き込むと、まさにメタリカが昨日話していたイベントである。

「おお。祭さんようご存じでしたね。こんなローカルなライブ」

一瞬、メタリカの名前を出そうとしたが、知っているわけもないかと「知り合いが出るんです」と答えた。

「知り合いて誰ですか？　井上さんもセッションバンドで出るんやんな」

井上が横で頷く。

「そうなんですか」


《春のナインスモール祭り。音楽ライブも！　期間中、商店街で五百円以上購入すると、もれなくくじ引き券がもらえます。ぜひご参加ください！》

「ナインスモールは九条駅前の商店街で、よく客寄せイベントやるんですよ。仲間内がぎょうさん出ます」

井上が言った。

「それ、メタリカがやってるやつやんな」と寅吉が井上に言う。

「メタリカ、ってメタリカ木村さんのことですか？」

実理科は聞いた。

「そうです。あのイベントは、あいつがリーダーでやってるやつですから」

4

九条の名前の由来は、もともと「衢壌《くじょう》」という字だったようで、「衢」は「ちまた、賑やか」を意味し、「壌」は「土地」に通じ、賑やかな場所になるように願ってつけられたという。諸説あるが、いつしかそれは簡単に読める「九条」となった。

ナインスモールも、かつては西の心斎橋と呼ばれていたその頃を蘇らせるべく、さまざまな企画や催しを試みている。

昨日の寅吉の話では、メタリカは街興しにも一役買っていて、彼が主催したり先導したりの催しが年に何回かあり、今日のイベントもその一つだという。

天気のいい祭り日和である。

若い夫婦がベビーカーを押している横を、目深にかぶった帽子の年配者が歩く。その向こうには、低学年の女の子たち数人が、一つのスマホ画面を覗き込んできゃっきゃと笑いあっている。

『抽選会場』と書かれた旗の向こうに、紅白の垂れ幕を背にしたイベント用の特設ステージがあった。実理科が近づくと、作業を終えた人がばらばらと解散していくところだった。スタッフ証を首から下げた一人をつかまえて声をかけると、すぐに垂れ幕に向かって声をかけた。

「おーい、メタリカ」

しばらくして、垂れ幕をかき分けてメタリカが出てきた。

緑の派手なイベント法被《はっぴ》、その下には、やはりと言うべきかヘヴィメタルバンド『METALLICA』のロゴが描かれたTシャツが見えた。手にはドラムスティックが握られている。

「祭さん、よう来てくれはりました。関係ないですけど、祭さん来たら縁起いい感じするし」

「よく言われます」

実理科は無表情に答えた。

この名前は、図らずも楽しげな印象を与えているようで、昔から同じような言葉をよくかけられる。記憶に残りやすく、この名前に助けられていると思うこともよくあったが、悪目立ちすることもあり良いことばかりでもない。

「あの。私、宿泊先が、長堀橋の『TORA《トラ》』なんです」

おずおずと伝えると、「大阪の社会人バンドの世界は狭いから」とメタリカは鷹揚《おうよう》に笑った。

終わったら打ち上げがあるので、そこへぜひ参加してくださいと促された。

「せやけど、ちょっと心配してしまうなあ」

寅吉が、やってきたピッチャーのビールを実理科のグラスに注ぎながら言った。

「連絡先を誰にも教えんとおらんようになるなんて……」

ライブや催しものが予定通りに終わり、撤収作業後の十九時ごろから打ち上げが始まった。

商店街の一角にある居酒屋の二階座敷である。

まだ撤収作業が終わらないメタリカたちをよそに、先に到着した寅吉、井上と、その他の名も知らぬ関係者たちが、それぞれの話題を肴《さかな》に飲み始めている。

「鈴木くんは、うちにもたまに顔出してたよ。いい声してるから、メタリカのバンドで時々歌ったらええやんて言うたりして。ほんで、うちのバイトの子がえらい懐いとってなあ」

「きみちゃん？」

「そう。その子も後でここに合流するから、話、聞いたらええわ。俺らの知らんことも知っとるかもしれんし」

ライブを観ている最中から缶ビールを飲み始めていた井上は、ＴＯＲＡカフェで会う時よりは随分と砕けた様子である。

「祭さんも、うちらに早よ聞いてくれたらよかったのに」

「アホか。鈴木くんと俺らが知り合いやなんて、祭さんがわかるわけないやろ」

「ほら、音楽つながりで」

「お前、大阪にどれだけ人がおると思てんねん。それだけで繋げられへんわ。エスパーでもないのに」

座敷の入り口で人の声が沸いた。見るとメタリカを筆頭に十人ほどの面子《メンツ》が一斉に到着している。

それぞれが席に落ち着くと、メタリカは皆に囃《はや》し立てられビールの入ったグラスを持ち上げた。

「今日も盛況で、今回は前回より子供の参加が多かったと聞いてます。いつもみんなには助けられてます。ありがとう。みんな、かなさんど～！　乾杯！」

グラスがかち合う音が響いた。

各テーブルへ挨拶に回り、場を沸かせ終えたメタリカが、ようやく実理科たちの席へとやってきたのは、到着して三十分以上過ぎた頃だった。

「メタリカちゃん、遅いねん」

「ごめんやで。やっと一巡できた。こっちはゆっくり話さなあかんと思って最後にしてん。祭さん、お待たせしました」

じゃれるようにクレームをつけた井上の横にメタリカは席を取った。

「鈴木くんのことやけど、彼は元々、鹿鳴館の岩根社長の紹介で、福岡からうちの工房に来たんです」

「そやんな。初めてＴＯＲＡに顔出してくれたんも、確か岩根さんと一緒やったような気がする」

井上が言った。

「岩根社長がおったら、何か聞けたのにな」

「聞けないんですか？」と実理科がメタリカに聞き返すと、「社長は三月末に亡くなってね」と、井上が横から言った。

酎ハイのジョッキを握って、グラスについた水滴を見つめながら続ける。

「去年の今頃に、前々から調子が悪かった胃で癌が見つかって。その時点で、既にだいぶ進行してたらしい――。回復を祈ってたけど、残念ながら桜は見れんかった。もうちょっと一緒にうちらと色々やって欲しかったな」

メタリカが井上の肩に、そっと手をのせる。

「井上さんは前に鹿鳴館の店長をやっていたんです」

実理科に説明した。

「だから岩根社長に聞くのは無理やけど、息子の泰之には連絡してるんで、会いに行きましょう」

実理科は頷いて、礼を言った。

「あ。きみちゃん来た」

寅吉が顔を上げた。

「やっとこれました。最後のバンドが片付けるの遅くて手間取ってもうて」

少し高い声でそう話しながら井上の横にどかりと腰を下ろしたのは、眩しいくらいに髪の明るい女の子である。

井上が「さっき話していたうちのバイトの、松永公佳《まつながきみか》ちゃん。彼女、鈴木くんと親しかったから」と実理科に紹介した。

顔見知りも多いようで、周りのテーブルからも「きーちゃん、おつかれ」などと声がかかる。

彼女もまたミュージシャンで、ボーカルとギターを担当しているのだという。

「初めまして。祭さん、TORAに宿泊されてる方なんですよね？」

蛍光色のグリーンのパーカーに目を奪われた。もしこれがグリーンバックの撮影なら、彼女は体が消えてなくなるだろうなと勝手に想像する。

上下にたっぷりマスカラが塗られたまつ毛の下にも、目が醒《さ》めるほどの明るいグリーンのアイシャドウが乗せられている。張りと艶のある肌に乗ったその色は、羨《うらや》ましいほどに気持ちがいい。

実理科は「一昨日から宿泊しています」と返した。

「ちょっとだけ井上店長から聞きました。鈴木くんを捜してるとか」

きれいなフーシャピンクの唇が、心配そうな声色で実理科に尋ねた。

はい、と恐縮したままの雰囲気で実理科は答えた。彼女が啓太と親しかった……、というさっきの井上の言葉に、くすんだ色の感情がむくむくと湧き上がってくる。

「きみちゃんさ、鈴木くんと仲よかったよね。連絡先とか、知らんの？」

寅吉が聞く。

「知ってますよ」

「おおっ。教えてよ。めっちゃ有力情報やん」

「電話番号ですよ。でもこれって、みんなも知ってるんじゃないんですか？」

「なんや、電話番号か」

向かいに座った寅吉が吐き捨てるように言った。

「大阪は大阪での番号みたいやねん。その後行った東京では、また新しくしたらしくて」

「はい。新しい番号や、って教えてもらいました」

さらっと答える公佳に、メタリカが顔を曇らせた。

「最後に連絡したのは……」

ちょっと待ってくださいよと、公佳はスマホを取り出してチェックする。通信記録を見たがもう残っていなかったようで「ないわ」と、顔を上げた。

「多分、三月三十一日の夕方です。月末日にやる作業してた時でしたもん。貸してたお金のことで――」

「ちょっと待って。貸してたお金？」

井上が横から突っ込んだ。

「あ」

と、公佳は大袈裟に目を見開いて肩を上げた。言ってはいけなかったのに、というような芝居がかった仕草でぺろっと舌を出した。

「何？　きみちゃん、鈴木くんに金貸してたんか？」

井上が聞いた。

「ここだけの話ですよ。ちょっとだけね。頼まれて貸したんですよ」

「うそやろ」

寅吉が大きなリアクションで言う。

「だから、ここだけの話にしてください。内緒です、って」

公佳が唇の上に人差し指を当てながら返した。

「東京行くのに、ちょっと軍資金が足りない、っていうので十万ほど、ね」

実理科は自分の表情がこわばったのを感じる。

(平常心。平常心……)

目の前のグラスを摑んで、溶けた氷の残滓《ざんし》を口に含んだ。

啓太が、こんな若い子に金を借りたというのか。しかも、周りにはメタリカや井上など、年上の人間がいただろうに、どうしてこの子に借りたのだろうか……。それを考えると、二人は付き合っていたのだろうか。もしくはなんらかの、そういうことが気軽になされる関係だったのではないのか。

実理科は顔が歪みそうになるのを堪える。ポーカーフェイスを心がけて話の成り行きを見守った。

「ほんまに?」

メタリカが疑惑の声を上げる。

「信じられへんな。鈴木くんはいつもラフな感じで、これと言って服装とか持ち物にお金かけてる感じでもないし、酒の量もそこそこやし、パチンコとかギャンブルは興味ないて言うてたような青年やのに」

今度は井上が言った。

「別に信じなくてもいいですけど、とにかくそのことで連絡とりましたよ。三月三十一日に。月末作業とライブリハでバタバタしてたからよく覚えてるんです。向こうから電話があったんですよ。『みんな変わりないかな?』って」

「三月三十一日か。岩根社長が亡くなった日やな」

井上が言った。

俺らが泰之から社長の死を知らされたのは翌日のことだったけど、と加える。

「なあ、きみちゃん。さっきの話ほんまか? 鈴木くんが金借りた、っていうこと」

メタリカは公佳にさっきの疑問を再びぶつける。

「だ、か、ら、ここだけの話ですよ、って言ってるじゃないですか。他で言わないでくださいね。鈴木くんの名誉に関わりますから」

公佳はメタリカの視線に目を合わせようとはしない。淡々とそう言った後、パンっと小さく胸の前で手を叩《たた》いた。

「それはそうと店長、祭さんが鈴木くんを捜してる人でよかったですね」

急に話を変えて井上の顔を見た。

「な、なんやねん。急に」

「だって、寅吉さんと店長、めっちゃ心配してたじゃないですか。季節外れに、旅慣れない格好の女ひとり旅行で、どこか物憂げだし、あれは絶対に怪しい、って」

「きみちゃん、何言うてんの」

寅吉が公佳をいなす。

「言うてたじゃないですか、もしうちの部屋でなんか起こったらどないしよか、とかって」

公佳の言葉に、井上が愛想笑いをしながら立ち上がった。公佳の腕を摑んで立たせると、一緒に席を離れて行った。

なるほど。

二人がカフェTORAで、必要以上に実理科に話しかけてきたことに合点がいった。確かに、そう思われてもおかしくはない。平日から長い宿泊の予約を入れ、到着日はお気に入りのヨウジヤマモトの服だったとはいえ、全身真っ黒だった。ローヒールシューズにシャツにジャケット。ショルダーバッグという実理科のスタイルは、季節外れに旅する気ままなバックパッカーからは遠かったに違いない。

知らないところで、寅吉と井上があれこれ話していたことを想像すると、申し訳ない気持ちと同時に可笑《おか》しい気持ちにもなった。

公佳と井上の後ろ姿を目で追った後、寅吉が実理科に向き直った。

「すいません、祭さん。きみちゃんの言うてたこと、ほんまのことで。部屋で……いうのも正直な懸念でしたけど、最初はほんまにちょっと祭さんのこと心配してもうてね。個人旅行やいうてはったのに、そんな雰囲気ないし。心ここにあらず、みたいな感じやったし」

坊主頭を手で撫《な》で回しながら寅吉は言った。

突然斜め向かいにいたメタリカが、スマホの液晶画面から顔を上げた。岩根泰之から返事がきて、明日の午後一に時間が作れるという。

実理科は礼を述べて、散会を待たずに居酒屋を後にした。

5

翌日。待ち合わせ時間のちょうど五分前に、メタリカは現れた。

今日も違うデザインではあるが、METALLICAのロゴが入ったTシャツだ。昨日と違うのはその上から半袖の薄いシャツをジャケットのように羽織っていることである。

大きな背中を見ながら、ミシュランガイドでここ数年ビブグルマンに選ばれたという、そのショップのある北新地《きたしんち》エリアへと向かった。

昨夜は、終始啓太の話とはいかずに時折、他の話題に脱線した。その中で、ひょんなことから啓太ともよく行ったというスパイスカレー店の話に及んだのである。ちょうど訪ねる岩根家の近くなので、そこでランチを取ろうという話になった。

「北新地は本通り、いうのがまあメインストリートで、その一筋南側が堂島《どうじま》上通り、北側が永楽町《えいらくちょう》通りになっていて、今から行くのは堂島上通りより一本南の筋なんですけど」

実理科は続く並木道を見て目を細める。東京で言うなら、銀座から日本橋《にほんばし》辺りの雰囲気に似ているな、と思った。

メタリカはさらに続ける。

「あ。大阪はあれなんです。南北に走っている道が『筋』。東西に走っている道が『通り』なんです。だから名前聞いただけで、地図で言うと、縦の道か、横の道かわかるんです」

「へえ」

何気なしに聞いていたストリート名であるが、それを聞いたら今後はさらに理解が深まる気がした。ノースアメリカでいうストリートとアヴェニューとはまた違うものである。向こうは単にアヴェニューは大きい道、それに垂直に走っている道はストリート、そこに垂直に渡る道は総称してロード、など道の規模で名付けられているが、一貫してそう名付けられていると実にわかりやすい。

昨夜は覚悟が決まったことで神経が図太くなったのか、単純に体が疲れていただけなのか、ぐっすりと眠ることができた。窓の外からも変な声は聞こえなかった。

昨日もたらされた、啓太が公佳に金を借りていたということも、何か事情があることかもしれない。

とにかくそれを事実として受け止めて前に進むのだ、と自分に言い聞かせる。

大事なことは、少しでも手掛かりを摑んで現在の啓太を追うことである。

「ところで、昨日のきみちゃんの話なんですけど」

実理科の心情を知っているかのように、メタリカは切り出した。

「やっぱり、きみちゃんが鈴木くんにお金借りてたというのは違いました」

「違う？」

「ええ。逆です。逆」

「じゃあ公佳さんが借りていた、ということですか？」

　メタリカは歩きながら大きく頷いた。

「あの子、ちょっと病気みたいに、しれっと嘘を言う癖みたいなものあって。前々から井上店長がそのことでは悩んでるんですけど」

「嘘の癖？」

「何なんでしょうね。お金をごまかすとか、仕事をきっちりしない、ということではないらしいです。若いのに気も利いて、仕事の段取りもいい。でも、たまにああいう、毒にも薬にもならんことを言いよるんです。以前にあったことやと、よくスタジオを利用する、仲のいい夫婦のバンドがあって。その奥さんのことを太融寺《たいゆうじ》のホテル街で、他の男性と一緒のところを見かけたと吹聴《ふいちょう》して。しかも枕詞《まくらことば》がいっつも『誰にも言わんといてくださいよ』と。そのご夫婦はもめにもめて大変やった。井上さんが間に入ったんやけど、それがまたややこしいことになって」

　メタリカは歩きながら、右手を動かし進む方向を指示する。

「その後も、井上さんを慕ってるギタリストの男の子がいるんですけど、その子が井上さんのことを信用ならない人や、と言うてたと井上さんに告げてきたり。それも誤解、嘘なんですよ。とにかく人の輪を少しずつ潰していくんです。色恋は使わないんですが、小さなサークルクラッシャーいうやつです。だから最初、鈴木くんに懐いた時は心配して。でも、鈴木くんにはそういうこと一切しなかったようやったし、その頃から今まで、だいぶ落ち着いてたんで、きみちゃんのそういう癖自体、忘れるくらいに安心してたんですが。昨日、またあんなこと言い出すから」

「あの後、お金借りたのは嘘だ、って彼女が言ったんですか？」

「いえ。今度は自分がちょっと嘘をつきました。鈴木くんから聞いて知ってるんやで。きみちゃんが借りたんやろ？　って言うと、舌をぺろっと出して肩をすくめてましたよ。ほんまに、どういう了見なんやろうと――」

驚いたが、安堵《あんど》の気持ちでいっぱいになった。覚悟という名で押し込めていた、モヤモヤした塊が心の中で一気に溶けた。

「腹立つから怒ってやっても、ケロッとした調子でね。それからは鈴木くんのことあれこれ言い出しましたよ。結局あの子、鈴木くんのこと好きやったみたいです。だから、彼が自分になびかない腹いせみたいなもんでしょう」

あっさりと東京に行くことを決め、ここを去った彼のことが腹立たしかったという。だから嫌いになることを決めたのだ、とメタリカに言ったという。

どこをとっても自分勝手な言い分ではあるが、実理科は公佳の気持ちがわからなくもないとも感じた。

自分のもとを去った人は、もはやどれだけきれいごとを並べても味方ではない。好きな分だけ思いが募り、それは徐々《じょじょ》に憎しみへと変化する。

人類全部が両思いになればいいけど、そんなことは叶わない。愛と嫉妬を持て余しながら生きていかねばならないのである。

——かなさんどーっ！

お目当てのカレーショップが入っているビルの前に着いた。女性店主が一人で切り盛りしているという店に入り、二人とも週替わり限定の『帆立と甘鯛《あまだい》のキーマカレー』をオーダーした。目の前に出された冷たいジャスミンティーを一口飲んだあと、メタリカは実理科の顔を見て人懐っこい笑顔を作った。

「ここのカレー、鈴木くん大好きでね。何回も一緒に来てます」

「頻繁に一緒に行動されてたんですね」

「鈴木くんがこっちにいる時はほとんど一緒に過ごしてたと思います。福岡からこっちに来て、最初の二週間くらいは岩根社長のとこに居候してたでしょう。そのあと移ったマルニ工房の寮は、工房の近くやったんで、自分もたまに泊まりにも行ってました。狭い部屋やったんですけど、鈴木くん、人がええからおいでおいでと」

カレーを口に含みながら、当時のことを思い出したようにメタリカは笑った。あっという間にカレーはなくなっている。

「俺の兄弟話がおもろいらしくて、めちゃくちゃ笑ってくれるんですよ」

「啓太は、聞き上手ですもんね」

「でも、聞き上手だと、一言では表せない雰囲気がある人でしょう。なんか、鈴木くんの前やと、すべてを肯定してくれて、許されているような気持ちになるというか。そういう不思議なとこが彼にはありましたね。それで俺も調子乗って、いつもえらい話し過ぎてもうて」

同じだ、と実理科は思った。

（許されているような気持ち――）

その言葉が、胸にストンと落ちた。

啓太は会っていた時、実理科の話を聞きたがった。両親のこと。父との思い出や、実理科の仕事の話。八重子の話。出会った日を含めても四回しか会っていないのに、啓太と過ごした時間は、まるで花びらから抽出されたアロマオイルのように濃い時間に感じる。

いつの間にか目の前に置かれていたデザートのヨーグルトに気づき、二人であわてて食べ始めた。

混んできた店を後にした。

6

ビル街の中、ポツンと時間を置き去りにされたように建つ一軒家が、岩根家の自宅だった。古い佇まいの煉瓦《れんが》色の門は、蔓草《つるくさ》がはなから一緒にデザインされたようにからまっていて、ノスタルジックな雰囲気を醸し出している。

実理科とメタリカが泰之を訪問した時、彼は玄関先で靴を物色しているところで、上がり框《がまち》に男性用の履き物が、スペースを埋め尽くすように並べられていた。

「ほんまは四十九日が終わってから、すぐに整理しようと思ってたのに今頃やっと」

すべてが靴道楽の岩根社長のもので、実理科たちの訪問後に、誰かが靴を見にくるのだという。実理科はつい、いくつかのブランドロゴを確認してしまった。どれも有名なヨーロッパブランドだ。

「靴ってサイズがあるし、遺品としてはなかなか難しいもんで」

どうぞと促され、失礼ながら靴をまたいで玄関そばの応接室に入った。

来客が多かったことが垣間見《かいまみ》えるように、まとまった人数でも着席できるようなソファや腰掛け椅子がぎっしりと長テーブルを囲んでいる。

奥にある小さな祭壇の岩根社長に、まずは手を合わせる。初めて見る岩根社長の顔は、つぶらな瞳を細くして控えめに微笑んでいる。

進められるままに、メタリカと二人で手前のソファに腰を下ろした。

「鈴木くんは、この家に二週間ほどは滞在してたんですよ」

メタリカが話を通してくれたおかげか、泰之は挨拶も早々に、座るなり本題に触れた。

「俺はその時期、ツアー準備で忙しくて数えるくらいしか会えへんかったけど、その時の父は鈴木くんがきて、えらい楽しそうにしてたと家政婦から聞きました。それはほんまに、ありがたかったです。母が亡くなった後、ちょっと軽い、鬱《うつ》とまではいきませんけどずっと元気がなかったんで」

正面から見た泰之の顔に、祭壇の岩根社長の面影が重なった。泰之が少し疲れた顔をしているのが、余計に父と似て見えたのかもしれない。小さくまとまっている感じが一緒だ。

忙しい泰之に気を遣わせるのも、と道すがら買ってきたペットボトルの飲み物をメタリカがテーブルに並べる。

「祭さんのお母さんが鈴木くんと知り合いやったんですか？　後で構わないんですけど、俺も少し聞きたいことがあって」

(聞きたいこと？)

実理科がその言葉に反応するのを待たずに泰之は腰を上げ、「ちょっと待っててくださいね」と奥へ引っ込んだ。

ほどなくして戻った泰之の手には、口の開いた段ボール箱が抱えられていた。

「遺品整理の時に迷ったものは、一旦《いったん》この箱に入れてあります。会社関係でも、金の関係でもない、プライベートなものです。やばいものは一応ないと思うので、どうぞご覧ください」

「やばいものてなんやねん」

メタリカの言葉に泰之は「ほら、親父ぐらいになるといろいろあるかもやろ」と笑う。「名誉のためにな」と小声で付け加えた。

「一昨年の秋ぐらいに、親父が、福岡に住んでる友人の娘さんが亡くなったとは言うてたんです。その娘さんは婿をとっていたんですが、その人が鈴木くんでした」

「婿……？」

実理科は一瞬その意味が飲み込めなかった。

結婚していた――。唇が意図せずに震えた。まるで大きな岩が頭の中に投げ込まれたような衝撃である。

しかも奥さんが亡くなっているなんて。

啓太と連絡がつかなくなってから、ひょっとして、そんな過去があるかもしれないということを想像してみたことはある。だがしかし……。

目の前に突きつけられると、想像していた以上にその事実に動揺している。昨夜の公佳の嘘話よりも、はるかに重たさを持って。

「あんなに一緒におったのに、そんなことはひとつも話してくれへんかった」

かわいそうに、と隣でメタリカは肩を落とした。

「親父の友人は『鈴木美術』のご夫婦で、娘さんが病気で亡くなった後、奥さんの方が残された娘婿の鈴木くんのこと気にしてはって。娘さんご夫婦には子供もおらんかったし、そもそもその結婚もいわく付きやったらしい、って」

「いわく？」

メタリカが聞き返す。

「詳しいことは俺も知らんねんけど、親父は鈴木美術の奥さんに、鈴木くんの身の振り方を相談されていたらしい」

「そうなんですね」

実理科は震える唇を抑え、精いっぱいポーカーフェイスを装いながら、それだけを返した。視線を落として自分の手を見つめる。深呼吸。深呼吸。

少しすると、胸の高まりも落ち着いてきた。ペットボトルの水を一口飲んだ。

目の前では泰之が段ボールから、写真の束や合成皮革のカバーノート、黒いクロコダイルのシステム手帳などを取り出した。

実理科はその中の、写真の束を摑んだ。何枚かごとに不透明な袋に入っていたり、小さな紙を挟んで輪ゴムで留められたりしている。ここに写っている誰かが、焼き増しプリントをして、社長に渡している姿を想像した。

出してみると、デジタル表記の年号が入っているものが多く、慰安旅行での集合写真や、商店街組合の懇親会の一枚など、若き岩根社長が写っている。いずれもずいぶん昔のものばかりで、最近のものはない。それらに啓太は関係ないだろうと思うが、せっかく持ってきてもらったので、さっと目を通した。

実理科が次に手に取ったのは黒いカバーノートの束で、一冊は食材や他店に行った時の記録。他は音響関係やPA関係などが細かく記録されていたものであった。

ノートを埋め尽くす筆圧が強いボールペン字を見ていると、岩根社長の勉強熱心で生真面目な人物像が、浮かび上がってくるような気がした。

ノートの間に一冊の薄い冊子を見つけた。西日本・中小企業家同盟とあり、『よい会社、よい経営、よい経営環境！』と、銘打たれている。

〜中小企業をとりまく、社会・経済・政治的な環境を改善し、互いに企業繁栄を目指していく同盟です〜

冊子内側に、白黒の『同盟企業名簿（順不同）』という一覧表が挟まれてあった。

企業名、業種、従業員数、会社所在地、電話番号、ＦＡＸ番号が一列に明記されていて、アイウエオ順にずらりと掲載されている。

実理科はすぐに視線を飛ばし『鈴木美術』の名を追った。

「あった」

《有限会社　鈴木美術　福岡県那珂川《なかがわ》市○○　×—×××》

横からメタリカが覗き込む。

「鈴木美術、ありますね。ちょっと住所入れてみよう」

メタリカは、すぐに手元にあったスマホで、地図アプリを表示させると、住所を打ち込んだ。

現れた画面には、鈴木美術のウェブサイトのリンクも表示されている。

メタリカはさらに、地図をストリートビューという、実際に自分が歩いているような形式のものに変えた。

眩しいくらいに晴天の空が液晶画面いっぱいに映る。白く反射した壁があった。メタリカが指をスクロールさせると、大きく『(有) 鈴木美術』と縦に描かれた社名看板が出た。わざと筆で荒々しく描かれたそれは、昔懐かしい昭和の邦画ポスターのような雰囲気である。看板横には、簡素な上半分が磨りガラスの、いわゆるプレハブのドアのような入り口があるだけである。画面が少し動くと、隣には車庫と思われる建物があった。その奥に見える棚は、雑然《ざつぜん》としている。

「パソコンで見たらもう少し見えるかもやけど、これが限界やろな。ちゃんとした、大きい工房みたいやな」

メタリカはさらにスクロールしてチェックした。

「ヤス、鈴木美術のことで他に知ってることあるか？」

泰之が手を止めて、思案をめぐらせるように腕を組んだ。

「初めてここで鈴木くんを紹介されたのが、去年の九月末頃やったと思う。親父がその時、『鈴木美術さんは福岡で、看板広告はもちろんのこと、映画やコマーシャルの美術セットも手掛ける幅広い技術を持った会社なんや』て言うてた。鈴木美術の社長と奥さんは、中小企業家同盟の交流会で紹介してもらって以来の友人らしい。確かに、鹿鳴館を博多《はかた》で開業するかも、とかいう話があって、その頃、親父はよう博多にも行ってた気がする」

「それっていつくらい？」

「十年、ほど前かなあ。なんとなく」

記憶を辿るようにしながら、テーブルのペットボトルを一本摑んで口に含む。

「あとな。さっき言ってた、聞きたいことやねんけど」

そこまで言って、「あ。でもやっぱり……」と、いったん言葉を切った。

「なんやねん。思わせぶりやな。遠慮せんと言いや」

メタリカが言う。

「ごめんごめん」

泰之が、誤魔化し笑いのような顔で謝る。

「せやな。親父に聞くことはもう叶わへんから、やっぱり聞いとくわ。もし、鈴木くんに会ったら聞きたいな、と思ってることがあって。生前、親父に何度か聞こうとしたことあったけど、やっぱりできひんかって――」

急に軽い雰囲気はなりを潜めた。

岩根家では、泰之の母が三年前に交通事故で亡くなっている。それからは、家のことは登録している家政婦センターの家政婦が週に三日の通いでやってくれるが、基本的には男二人の所帯であったという。

啓太が岩根家にやってきて十日ほど経った日のこと。泰之はスタジオのリハ終わりに、いつもの定食屋で夕食をとり、一杯飲んで帰宅した。時刻は夜の十一時半ごろだったらしい。

そんな時間は、既に就寝している父に気遣って、リビング横にある階段を静かに上がる。足を忍ばせた時、どこからか男の啜り泣く声が聞こえてきた。一瞬、テレビのスイッチが入っていて、その音声かと思った。だが、くぐもった嗚咽はすぐそこで地から湧き上がっているように泰之の耳に届く。階段で動きを止め、じっと耳をそば立てた。

するとその声の主はどうも父親のようではないか。腕にぞわりと鳥肌が立った。今まで出会ったことのない感情が泰之の中で顔を出した。

そっと、薄暗いリビングに目を凝らした。

開け放たれたカーテンの向こうから、月明かりだけが差し込んでいる。

父はソファの脚元へとへたり込み、両手で顔を覆っていた。

泰之は、生まれてこのかた父の泣く姿を一度も見たことがなかった。祖母、すなわち父の母親が亡くなった時も、祖父の葬式の時も、三年前に母が亡くなった時もだ。もちろん、父とて人知れず泣くことはあったかもしれないが、泰之はその涙を目にしたことはなかった。

その父が泣いていた。

しかも、鈴木くんの前でだ。

ソファに座る鈴木くんの膝に、額がくっつくような姿で、声を上げておいおい泣いている。

泰之は何が起こっているのかわからなかった。信じられない気持ちで、その光景を見つめていた。

次の瞬間、父の口から「ふみえ……」と、母の名が聞こえた。

父が母のことで後悔していることは知っている。家庭を顧みない人だった。社会や他人には懸命に尽くしたかもしれないが、家庭人としては最低だったと思う。

だがどうして今、鈴木くんの前でなんだ――？

父は両手で顔を覆ったまま、体がソファに溶けていくようにへたりこんでいた。

泰之が話し終えた時、実理科は体に力が入らなくなった。耳鳴りが頭の中を何周も何周も走っている。目頭が痛いほど熱い。膝の上に置いた指先が痺れているのを感じた。

実理科は泰之の話を聞きながら、完全に自分の膝の上で岩根社長を受け止めていた。啓太と自分を同化していたのだ。

血が、細胞が、すべてが沸騰する。どうにかなってしまいそうなざわめきが身体中を駆け巡る。だめだ。何が起こっているのだろうか。

「俺もや……」

隣にいたメタリカの呟きに、実理科は思わず顔を上げた。メタリカはぽかりと口を開けて放心している。

「俺は、弟を助けてもらって泣いてしもたんや」

第三章　福岡

1

大阪、伊丹《いたみ》空港を出発して福岡、福岡空港までは約一時間半のフライトだった。

手荷物検査場へと進むと、搭乗便の手荷物が運ばれている表示を見やりながら、一息ついて受信メールボックスを開くと、詩織からメールが入っていた。

・有限会社マサキ木工所……閉業。
・ししぼね舎工房……従業員二名が作業。去年は外部の人間が手伝ったことはないとのこと。
・(株)創英椅子製作所……二月から二ヶ月間、鈴木啓太が手伝いに来ていたとの証言。写真で確認済み。話を聞いた男性、槙原《まきはら》氏。連絡がとりたい。

まだ、トランクは出てこなそうだ。その場で詩織へ電話を入れると、「聞いてください。すごい進展なんです」と、興奮気味な声が飛んできた。

「創英椅子製作所の脇で、缶コーヒー片手に立っている人たちがいたので話しかけました。その中に槙原さんという男性がいて、鈴木啓太の名前を出した途端に食いついてきました。実理科さんにもらっていた写真も見せて。そしたら、その槙原さんも実は啓太さんを探していた、って」

「本当に？」

鼓動がわずかに大きくなった。みんなが啓太を捜している。なぜ？

啓太はそこで今度は何をしたのだろうか。捜す理由はいく通りにも想像することができる。工場で何か問題でもあったのだろうか。それとも今までのように何か——。

「槙原さんは、二月中旬にヘルプで雇われた啓太さんと、社員の中では一番近くで仕事をしていたそうなんです。新学期前納品の大口注文の担当で、ほぼ毎日一緒に作業をしていたそうで。『口数が少なく、信じられないほど器用で、仕事が丁寧だった。最初は椅子の飾り彫りの、単純作業の部分をやってもらっていたけれど、最後は作業のほとんどをお願いしていた』って」

「それでどうして、今、啓太を捜しているんですか？」

「槙原さんは、啓太さんに助けられたんだ、と言っていました」

この人もまた……。

「なんでも奥さんが妊娠初期のころ、医者に稽留流産《けいりゅうりゅうざん》だと診断されたことがあって」

「けいりゅう？」

「ええ。調べました。稽留流産は、順調だった赤ちゃんの成長が止まり、心拍が聞こえなくなり、出血や腹痛がないにもかかわらず、胎内で亡くなってしまう流産のことをいうそうです」

実理科は「なるほど」と小さく答えた。

「それで槙原さんは泣きじゃくる奥さんからの電話を、休憩場所で受けたらしいです。その時、横にいた啓太さんが慰めたそうで。槙原さんは大事に持っていた赤ちゃんのエコー写真を啓太さんに見せたら、啓太さんが『大丈夫。ぜったいにまだ命があるから』って言ったと」

「エコー写真を見て、ってこと？」

「そうです。写真をじっと見つめて、はっきりと言ったそうです。すぐに他の病院でもう一度診てもらったらいい、と。実はその時、奥さんは流産と告げた担当医から、母体の安全のために早めの搔爬《そうは》手術を勧められたらしいです。ちなみに搔爬手術とは、中絶や子宮外妊娠時などにする手術で、お腹の中から胎児と胎盤を搔き出す、というものです。しかし、啓太さんがそれは絶対だめだよ、って」

クールな詩織の言葉に段々と熱が入っていった。

結局、槙原の妻が別の大学病院で診てもらうも、赤ちゃんの心音が聞こえることはなく、血《けっ》腫《しゅ》も見られ、『流産』と診断された。

だから啓太の言葉は、自分達を励ましてくれただけなのだと槙原夫妻は思っていた。

その後、新しい担当医師は、搔爬手術ではなく赤ちゃんが自然に母体から出てくるのを待つ方法をとろうと言った。それから数日間待っていたが、妻のお腹は張ったまま違和感はなくならず、出血もしなかった。

首を捻《ひね》りながら再び診察をしてもらうと、嘘のように血腫が小さくなり、胎嚢《たいのう》が大きくなっていて、驚くべきことに心音が確認できたという。

「奇跡的に、赤ちゃんはちゃんと成長していたらしいんです！　すごいでしょう。奥さんはご家族と縁が薄くて、頼れる人がいなかったし、最初は担当していた医者の言うままに、掻爬手術を受けようとしていたんですよ。啓太さんの強い助言がなかったら、子供は無事でいなかった、って」

実理科は、髪の間から覗く深い茶色の瞳で、啓太がじっとエコー写真を見つめている姿を想像した。

「だから槙原さんは、奥さんが無事に安定期に入り、七月末に出産予定だということを伝えたい、って」

詩織は少々興奮気味だ。

「実理科さん、やっぱり啓太さんは何かを持っているんですよ」

「何か、って何を？」

「透視とか、なんか、すごい能力ですよ。単に励ましただけじゃないと思います。だって大阪の岩根社長が泣いていた話も少し変ですよね。おそらく啓太さんが死んだ奥さんの気持ちを代弁したとか？　なんか想像しちゃいます。私、今日槙原さんの話を聞いて、なんかビビッときました。だから、八重子さんにも何かそういう類のことを大阪で伝えたんじゃないのかな、って」

「でも……、そんなこと、あり得ます？」

「わかんないですけど、あるんじゃないですか。この世には解明されてないことがたくさんありますから。実理科さん、信じない方ですか?」

「信じるも信じないもないけど……」

言葉を濁した。バッテリーが切れそうだからまた後でと早口で言い、電話を切った。

気がつけば周りには誰もおらず、手荷物を運ぶベルトコンベアの動きも止まっている。実理科のトランクは、ポツンと傍に避《よ》けられていた。

昨夜知った、メタリカの弟の逸話を詩織が聞いたら、もう断言するのだろうなと思った。

それは絶対、超能力ですよ。と。

実理科だって、実は思っている。啓太が、予知なのか透視なのか、何らかの能力を秘めた人なのだということを。

それは、かつて父が研究していた分野である。科学的には解明されない、未知なる何か。

でも、「だから?」とも実理科は思う。

もしそうだとしても、そうでなくても、実理科は啓太に会わなければならないし、現にこれまでの人たちの話を総合すると、啓太はその能力のことを隠している。人付き合いも深くは入らず、一定期間以上の継続もしない。

逃げている。実理科は最初、自分が除外されたと思ったが、おそらく違う。

啓太はいつも何かから逃げている。

何から?

——運命の輪はいつも、気まぐれに廻《まわ》るから。

啓太と一緒に入ったバーに、サルバドール・ダリの『運命の輪』のリトグラフが置いてあった。「ダリはタロットカードをすべて描いていて、その中のX《テン》、『WHEEL OF FORTUNE』なんだ」と、説明した後、そう言ったのだ。

運命という言葉を、その時はあまり気に留めなかったが、啓太が八重子に伝えたのはやはりその言葉だったのだろうか。

八重子もダリが好きだった。

2

節約の為に再び民泊でと考えたが、メタリカも福岡へ同行すると言い出したので、何かと煩わしくないビジネスホテルを予約した。

福岡は他の都市にはない便利さで、街のすぐ近くに空港がある。地下鉄でもタクシーやバスでも、空港から十五分も移動すれば街の中心地に辿り着く。

メタリカは、仕事の都合をつけてから夜の便で博多入りするという。

夜まで待って一緒に、というのも考えたが、飛行機での移動は一人の方が気楽だと思い直し、先に博多入りした。

メタリカは昨日、泰之の話を聞き終わった後、弟のことを話し始めた。

昨年の初冬、啓太とマルニ工房で一緒に働き始めて数ヶ月が経ち、作業にも随分慣れた頃のことだった。メタリカがある造作物の、仕上げの研磨作業をヤスリで調整している時、前々から不調だった右肩に痛みを感じて作業の手を止めた。左手で肩を押さえ、痛みを和らげていると、それを見ていた啓太が寄ってきて、メタリカの左手をどけ、彼の手のひらをじっとあてたそうだ。

「それで、その手のひらの力で肩の痛みが突然引いた……なんて、魔法みたいなことは起こらんかったんやけど、しばらくゆっくり揉んでくれた後、突然鈴木くんは、弟の徹《とおる》が今何してるか気になるな、って言い出したんです」

「弟さんが？」

「ええ。今、連絡してみようよ、って。それまで俺は度々九つ下の弟、徹のことを鈴木くんによく話してたから、鈴木くんは徹のことをよう知ってました。面識はなかったんですけど」

不思議に思いながらも、今朝、徹が仕事で初めて有馬《ありま》の山奥へいくと話していたので、それもどこか心配であり、電話をかけることにした。

「弟は高校生の時、軽トラックと接触して下半身に大怪我をした後遺症で、足が不自由なんです。でも、車の運転もできますし、高校卒業後は楽器店に就職して、ピアノの調律師になりました。たいがいの場合、グランドピアノなんかを持ってるお客さんのお宅に出向いて調律をします。その日は、有馬在住のお客さんの自宅に調律に向かうんやと、朝言うてました」

すぐにメタリカのスマホから、徹の番号を鳴らした。

「十回くらい呼び出し音聞いても出えへんので、『あかん。仕事中か運転中ちゃうかな』言うて切ろうとしたんですけど、鈴木くんが、ダメダメ、出るまで鳴らそうよと言いました」

再びかけ直して、随分鳴らしたが応答はなかったという。

「徹は留守番電話が嫌いで、設定していなかったし、切り替わらずにずっと鳴るんです。それを耳にピッタリくっつけてたら、自分の汗でスマホが濡れてくるし。呼び出し音を長い間聞いてたら、段々とアホらしなってきてね。それで一旦切ったんです。でも、鈴木くんがやっぱりもうちょっと鳴らしなよ、って食い下がってきて」

その時点でも既に三分以上は鳴らしていたこともあり、メタリカはしつこい啓太にイラついた。

「それで、スピーカーにして鳴らした十数回目くらいの時、見知らぬ男性が突然電話口に出たんです」

——もしもし、もしもし。今、大変なことで、事故です。あの、今、救急車を待ってます。

驚きすぎて状況を飲み込むのに、やや間があった。

大きく、叫ぶように聞こえてきたその男性の声が脳裏に焼き付いている。事態を把握した途端、一瞬にして身体中の血が逆流したようにメタリカは感じた。

男性は、変な場所から聞こえる着信音を不審に思い、人も分け入らぬような茂みに進み、徹のスマホを拾い上げて応答したのだという。

徹の乗っていた軽自動車は、片側通行の狭い山道から滑り落ちた。前夜の雨で緩んでいた地盤が、走行を受け止めきれなかったのが原因だった。

極端に人気《ひとけ》の少ない場所で、大きな音も立てずに転落したその事故は、誰にも目撃されていなかった。

もし、その男性がたまたまその着信音を聞いていなかったら――。

もし、その男性が果敢に、音の行方を捜してくれなかったら――。

もし、鈴木くんがあの時、電話しようなんて言っていなかったら――。

もし、あの時、俺が電話をするのを拒絶していたら――。

徹は無事だっただろうか。一つでも歯車が合わなかったら、今の徹はいない。

そう考えるとメタリカは、今でも恐ろしい気持ちになるという。

「転落した時に、強い胸部圧迫、っていうんですかね。運ばれた病院では、あと数時間発見が遅かったら、命が危なかったと言われました」

もし、メタリカが電話をしなくても、きっと到着しない徹を、得意先の人や会社の人が捜したことだろう。でも、あの時間に見つけることができなかったのならば、徹の命は危険に晒《さら》されていた。

「だから、鈴木くんは徹の命の恩人なんです」

今はその恐怖が少しは消えているのだろう。落ち着いた口調でメタリカは話した。

「その後、鈴木くんに聞いたんですよ。なんで急に徹に電話しようなんて言い出したん？　って」

「なんて答えたんですか？」

「それがね。ひょうひょうとした顔して『なんとなく』とだけ言うんです」

「なんとなく？　ですか」

「そう。なんとなく。なんとなく徹のことを考えてしまったから気になったって。おかしいでしょう。でも俺はなんの文句もありませんから、とにかく礼を伝えたんですけど」

続けて啓太は、「このことをあまり人に話さないでほしい」と言ったという。「僕は昔から異常に〝勘《かん》〟がいい方で、その山勘がたまたま当たっただけやから」と。

「まあ確かに、そのことが広まったら、競馬の予想してやとか、変な頼み事されて鈴木くんが困るのが目に見えてわかってたんで、俺もその一件はみんなには言わず、黙っていました」

実理科は、啓太がちょっと困り顔をして、メタリカに話している姿を想像する。

徹のその後と聞くと、「事故直後は一週間ほど入院しましたけど、今ではすっかり回復して、事故前と変わらず調律の仕事をしてます」と言った。

3

曇天だった空はいつの間にか晴れていて、白い壁に照り返す日差しに実理科は目を細めた。

福岡県、那珂川市にある鈴木美術は、地図アプリのストリートビューで見た通りの白いトタンと、コンクリート壁の建物だった。実際に来てみると、小物が置かれていた棚は茶色い長方形のプランターに変わっており、小さなパンジーが楽しそうにあっちこっちを向いて咲いている。『(有) 鈴木美術』の味わいある筆文字も、実物はストリートビューよりずっと迫力があり、誇らしげな圧を感じた。

メタリカと目を合わせて頷き合い、白茶けたインターホンのボタンを押した。

応答はなかなか返ってこない。もう一度押すも、磨りガラスの扉の向こうには何の動きも感じられない。再押しは憚《はばか》られ、大人しく待つことにした。

しばらくすると応答ではなく、突然扉が開いた。エプロン姿の従業員らしき女性が顔をのぞかせた。褪せたデニム生地のエプロンは、青や黄色などの塗料が飛び散って汚れている。

無言でドアノブを握ったまま、渋い顔でこちらの出方を待っている。作業を邪魔されて、ともすれば少し怒っているような応対ぶりだ。頭にはエプロンにそぐわない作業帽を被っている。

「すみません。突然お邪魔いたしまして」

隣にいたメタリカが、丁寧な口調で言った。今日はあらかじめ用意した長袖のシャツを着用していて、タトゥはすっかり服の中でなりを潜めている。

「大阪のマルニ工房の木村といいます」

メタリカが名刺を差し出す。

「祭と申します」と、実理科もアシスタント時に使用していた、名前と電話番号、メールアドレスだけが記載された簡素な名刺を差し出した。

「西日本・中小企業家同盟の、岩根社長からのご紹介でこちらにやってきました。社長と奥様にお目通りできればと思いまして」

　小さな嘘を交え、スラスラと流れるように話すメタリカの言葉は人馴れしていて、さすが年中、街のイベントを切り盛りしているだけのことはあるなと、実理科は感心した。

　実理科一人では、きっとインターホンを押す決心をするのに、半日はかかりそうだと思った。

　鈴木啓太氏を捜している、とメタリカが言い添えたところで、従業員女性は眉根を寄せ、渋い顔を見せた。同時に女性の視線が動く。その先は実理科とメタリカの背後だった。

「啓太さん？」

　落ち着いた女の声だった。振り返ると、いつの間にか背後に日傘を差した女性が立っていた。グレーヘアで薄化粧。はかなげな、麻のワンピースを着ている。握った傘をゆっくりと下ろした。

　一見して五十代後半から六十代というところだろうか。

　亡くなった八重子と同じくらいだろう。服装からしても、エプロンをつけた従業員の雰囲気とは異なり、どこか浮世離れした佇まいは社長夫人なのだろうと思った。

　そして何より、既視感を覚えた。年代が違うので印象が変わっているが、岩根社長の遺品の写真で見た顔なのだと思った。

　啓太のかつての義母だ。

　メタリカは再度名刺を差し出しながら自分達を紹介した。夫人は怪訝《けげん》そうな顔つきで、畳んだ傘を握りしめたまま、差し出された名刺を受け取ることなく凝視している。

「啓太さん、何かあったんやろうか？」

複雑な表情を浮かべる。何か慮《おもんぱか》ることがあるように見えた。

「何か、心当たりがおありでしょうか？」

メタリカは聞き返した。

「いえ。大阪に行った後、いっぺんだけ連絡がありました。それっきりやった。でも――」

と口を開きかけた時、横から「おい」と太い声が飛んできた。

驚いて胸がびくりと跳ねる。

「何集まってコソコソやっとる」

全員が声の方を見やると、そこには作業ジャンパーを羽織った年配男性が立っていた。

咎《とが》めるようなその声は、堅気とは思えない程に怒気をたっぷりはらんでいる。

「社長」と従業員女性が小さく言うと、「お客様です」とだけ言い残し、彼女はサッと身を翻して奥へと引っ込んでいった。

「なんなの、あんたたち」

社長は、言い訳なんて一欠片《ひとかけら》も寄せ付けない調子で近づいてくる。

「お邪魔しております」

メタリカが、これでもかというほどの笑顔で社長に向かっていった。さっきと同様に自らを名乗り、啓太捜索の旨を話す。実理科も後ろで会釈をした。

社長は日本人離れした大きな二重の奥にある強い瞳で、二人を睨みつけた。

「ああそう。わざわざ大阪からご苦労さん。でもうちはもう関係なかから、どうぞお引き取りください」

社長は視線を切って、夫人の肩を摑んだ。

「あの」

実理科は躊躇《ちゅうちょ》しながら声を出した。それまで黙っていたのに、妙なタイミングで突然声を発した実理科を、社長も夫人もじっと見返した。

「お、お嬢様のご不幸、誠にご愁傷様でございました」

声がはっきり前に出ず、小さい声だったが自分の言葉を伝えた。

一人娘を亡くしたこの夫婦の痛みが、実理科の心を揺らしていた。

啓太がかつて婿として、ここにいたという事実に押しつぶされそうになる。だが、それ以上に彼らの深い悲しみが実理科を襲っていた。

夫人がそっと目を潤ませ、一歩進んで実理科の手を握る。実理科の顔をまじまじと見つめた。

「ご丁寧に、ありがとう」

実理科は、今度は夫人の手を握り返した。

すると夫人の目から、はらりと大粒の涙が溢れた。

「あら。ごめんなさいね、急に。どうしてかしら」

そう言うと、唇を噛みながら泣き笑いの表情になり、手をそっと実理科の胸へと戻した。

社長はその一連のやり取りを見た後、急に我に返ったようにメタリカと実理科を強い眼差しで見返した。

「もう啓太も鈴木やなかし。大阪行った後はどこにおるかも知らんけん。もうええやろ」

ほら、お前もと、夫人の手を引き、あっという間に中に引っ込んでいった。

くすんだ白い扉は目の前で無情に閉ざされ、実理科とメタリカは一言も許されることもなく、その場は突然終了した。


「あの感じ、何か知ってますよね」

噴き出る汗を拭いながらメタリカが言った。鈴木美術を後にして、タクシーが拾える大通りまで歩いている。

「泰之の話やと、夫人は鈴木くんのことで岩根社長に相談していた。とすると、夫人は鈴木くんのことを心配してたということで」

「でも、鈴木社長は娘さんが亡くなった後、娘婿の啓太に腹を立てていたということですかね」

「娘婿のことをはなから認めへんと、嫌っていたのか、もしくは、逆に本当の息子みたいに思っていたから、出て行ってほしくなかった。せやのにあっさりと自分達のもとを去ったことが寂しくて、それを恨みに思っているとか？」

実理科とメタリカは頭をひねる。

「さっき、啓太も鈴木やなかし、って」

実理科は言った。

「どういう意味なんやろ。鈴木くん、もう鈴木姓でないとしたら、今はなんて名前なんかな。元々の苗字はなんていうんやろ」

メタリカは続ける。

「とにかく、ご主人がいなけりゃ話が聞けそうでしたよね。奥さん一人から聞けたらな……。ひとまずホテル戻って、今後の計画立てましょう。最終的には探偵事務所に依頼するとか考えんと、無理なんかな」

そうですね、と呟きながら歩を進める。

眩しい白色漆喰《しっくい》の塀伝いにしばらく歩いた。塀は寺のようで、大通りに出ると山門があり、『光庵寺《こうあんじ》』と書かれていた。

かつて啓太もこの道を歩いたのだろう。

風に揺れる笹のざわめきが辺りを包む。心に少し温かさを感じた。

その時の啓太は、いったい何を考えていたのだろうか。

なかなか空車が通らなかったが、しばらくすると、寺に客を乗せてやってきたタクシーが止まった。メタリカが大きく手を振ってそれを捕まえたその時に、実理科のスマホが着信を告げた。

液晶を覗くと、非通知ではないが番号だけが点滅している。アドレス帳にはない誰かからの電話だ。

指をスライドさせて応答すると、少し低めの女性の声が聞こえてきた。

「もしもし。あの……、さっきの鈴木美術ん者ですけど。奥さんから、ちょっとお二人にお話聞いてきてほしかと頼まれまして。今夜は博多にいらっしゃるとでしょうか？」

4

ビジネスホテルに戻った。メタリカがフロントでおすすめの店を聞き、その場で夜七時に予約を入れてもらった。

ホテルから三ブロックほど歩いた場所にある、人気の炉端居酒屋に入った。早い時間にもかかわらず客も多い。既に何時間も飲んだように酔っ払っている者もいれば、一人で静かに食事をしている客もいる。

啓太も、この居酒屋に来たことはあったのだろうか。実理科の知らない、博多の友人たちとビールを飲みながら、「かなさんど〜！」と叫ぶ啓太を想像してしまう。

鈴木美術で出会ったエプロン姿の女性従業員の名は、田浦静香《たうらしずか》といい、鈴木美術にかれこれ二十年近く世話になっているという。

自身が二十年以上前に『とらばーゆ』という女性専門の求人誌を見て鈴木美術に就職した。その後、結婚して子を産み、離婚してと、人生のイベントを越してきた間も、休職、復職を繰り返しながら、何らかの形でずっと繋がっているという。

亡くなった一人娘の鈴木日奈子《ひなこ》のことも、小さい時分からよく知っていると言った。

髪を下ろし、薄ピンクの柔らかいチュニックを着た静香は、昼に鈴木美術で会った時とは別人のような面持ちだ。

「昼間は愛想悪うてすみませんでした。ちょっと難しか塗装の、三回目のやり直し中でイライラしとって」

「今夜、お子さんは大丈夫なんですか?」

小皿と箸を渡しながらメタリカが聞いた。

「ええ。もう子供も高校生で。今日は塾なんで子供の帰りの方がきっと遅いです。うちの子供が小さい頃、時々作業場に来た時には、日奈子ちゃんもよく遊んでくれたんですよ」

思い出したのか、静香は目尻を滲ませた。

「では、日奈子さんのことはよくご存じなんですね」

実理科は言った。

「ええ。日奈子ちゃんは、ほんなこつ天使んような子やったとです。一人っ子やったけん、うちんこともお姉ちゃんのように思うてくれたんか、作業場にもよう遊びにきとったんです。なんであげんよか子がうちらより早うに逝かないかんなんて、神も仏もあったもんやないと思いました」

若年者にも発症が少なくないという、スキルス性の胃がんだった。

一般の胃がんであれば、腫瘤《しゅりゅう》や潰瘍《かいよう》が形成されるため、その病変を見つけやすい。しかし、スキルス性がんの場合は胃壁中にがん細胞がしみ込んでいくように進行する。その為、レントゲンやエコーでは発見しにくいのに、進行するスピードは速い。おまけに自覚症状もあまりないために、発見した時にはすでに他の部位へ転移した状態になっているという厄介ながんだ。

「最初は、ちょっと下痢ばしやすいとか、胃もたれがひどい、くらいんことやったらしいです」

ちょうど、日奈子が沖縄で映画の撮影現場に入っていた時に、それを感じていたということだった。

「映画、ですか？」

メタリカが遠慮がちに飲み進めていたビールのジョッキを置いた。映画好きのメタリカは、封切られる邦画と話題作の洋画はほとんどチェックしているという。

「タイトルはなんやったけか……。言うてもかれこれ六、七年前になるけんですね。うちも結構映画ん美術小物、出しとるもんで。えっと。撮影は名護《なご》やった。主演が今、テレビでもよう活躍しとう、ほら——あん」

もう作品名やら人の名前やら、本当に出てこなくなって、とブツブツいう静香を尻目に、メタリカはすぐにスマホで検索し始めた。

「あった。『ガジュマルの木の下で』、これですね。沖縄県名護市の町活性計画の一環で制作された映画。町ぐるみとなって、ロケ地も市民の協力をもとに各名所を巡り、二〇一七年一月～二月に撮影とある。主演はああ、あの方ですね」

それですそれですと、静香は笑う。弱いからと言いながら頼んだ梅酒のソーダ割りに、少し酔っているようだ。

実理科は一連の話を聞きながら、日奈子と啓太の出会いに想いを馳《は》せた途端、胸がキュッと痛くなった。啓太と日奈子の二人の姿を想像するだけで、喉が詰まって、息苦しくなる。

「啓太さんと日奈子さんは、その撮影で出会った、ということですよね」

「そうです。沖縄で撮影がある時には、現地のコーディネーターやっとう人に、臨時スタッフば集めてもろうたりします。もっとも、名護のこん映画は、市役所の観光課の人が担当しとったですけん、そん人にお願いしました。それで手伝いに来とったとが啓太さんと、啓太さんのおじさんでした」

映画が名護で無事にクランクアップした翌日、日奈子は撮影中からおかしいと思っていた体調をチェックすべく、那覇市のクリニックを受診した。原因がわからずに、食欲がほとんどなかった。福岡で受診しなかったのは、映画で使用した持ち道具の返送準備や、大物飾りの後片付けでまだ沖縄にいたからだ。

最初、医師の見立てではよくわからなかった。血液検査にも問題がなく、レントゲンにこれといった所見も見られない。クリニックの医師は、さらに大きな病院でのＭＲＩと併せての精密検査を勧めた。紹介状片手に、すぐに大学病院に向かい、検査を受けた。数日後、告知を強く望んだ日奈子は、医師からその場で「スキルス性胃がん」の事実を告げられたという。

「電話を受けた鈴木社長と奥さんは、すぐに那覇へ飛んで行きました。少々体調ば崩しとるとはいえ、目の前に肌艶のいいピンピンした日奈子ちゃんがおるのに、余命ば告げられたとて、何も信じられんやったと」

実理科は日奈子の境遇に、また心臓が摑まれたような気持ちになる。今日、会った際に気丈に見えた鈴木社長も、この時はどんな気持ちだったのだろうか。

一人娘が引き当てた悪いくじを、到底信じることができなかっただろう。

「そん那覇で、一連の検査にずっと付き添うとったとが啓太さんやった」

「それで、啓太さんは日奈子さんの余命がわかっていたのに、結婚したということですね」

メタリカが言った。

啓太なら、そう決めてもおかしくないと実理科は思った。

それが、泰之の話していた「いわく付き」ということなのだろうか。

「結婚式の日奈ちゃんは、そりゃあ可愛かったんですよ。クリッとした目が社長に似てて。そんな大変な病気を抱えていたなんて、微塵《みじん》も思わなかった。日奈ちゃんが遠くない日に、この世からいなくなるなんてこと、誰も想像できんかったです」

実際、静香が日奈子の病気を知ったのは、結婚して一年近く経ち、彼女が入院した時だったという。

「ところで、日奈子さんの死後、奥様は啓太さんの身の振り方を心配して大阪の岩根社長に相談し、その後彼を大阪へ送り出したと伺っています。でも、鈴木社長は啓太さんのことをそう心配されているようには……。逆にお怒りのように見受けられたんですが、どういうことなんでしょう?」

実理科の問いに、静香は少し苦い表情になった。

「色々ありましたけど、最初は子供のことで」

「子供、いたんですか？」

メタリカが声のトーンを急に上げた。実理科も同様に驚いて体に力が入る。

「いいえ」

落ち着き払った様子で静香が答えた。

「すんません、大きい声を出しまして」

メタリカは小さく肩をすくめた。

実理科も、静香のそっけない「いいえ」を聞いて、脱力した。

「続けてください」と、メタリカは話を促す。

一人娘の病気がわかって、何とか回復する治療法はないのかと民間療法や、セカンドオピニオンを求めて他の病院にも通った。だが、却《かえ》ってそれは、日奈子の病気の状態と進行が、きちんと裏付けされることに繋がった。

社長夫婦は悲しみに暮れていたが、社長が孫の顔が見たいと言い出した。孫を持つのが夢だったと。だが、啓太の返事はすげないものだった。

「啓太さん、人生で子供ば持つつもりはなか、と」

二人は付き合う当初から、束縛も多い結婚という形式は取らないつもりで付き合っていたという。静香は、日奈子が一人娘ということも理由だったと思う、と言った。

自分が婿を迎えなければいけないことを、日奈子も小さな頃からわかっていた。結婚して家庭を持つつもりがない啓太とは、いつか自分が結婚する時まで、と割り切って付き合えばいいと考えていた。

だが、付き合い始めて少し経った頃、日奈子の病気が判明する。残りの人生に短いリミットがあると知った日奈子は、啓太と一緒にいることを望んだ。それには両親の手前「結婚」という形を取らなければならなかったのだろう、と静香は言った。

そして、子供の話を父親が言い出した時、日奈子は啓太との子供を夢見てしまった。

「でもね、日奈ちゃんはどん道、妊娠して出産することは叶わんやったとです。だって、抗がん治療ば受けとったですから。でも鈴木社長は、体外受精で、どうにか代理出産できるんやないかとまで言い出して」

「でも代理出産は日本では不可能ですよね」

メタリカが言った。

「はい。金はいくらかかっても構わんし、海外で産んでもろてもいい。生まれた子どもは日奈子に何があっても、自分達が責任ば持って育てるけんと」

まだまだ血色も良く、いくら余命を告げられたとて、日奈子の病気を信じきれない鈴木社長はその時はまだ、奇跡を信じていたのかもしれない。

そんな熱意に絆《ほだ》されて、子供を持つことなど諦《あきら》めていた日奈子も、ひょっとしたらという、淡い期待を抱いてしまったのかもしれない。

「でも啓太さんは、それだけは、頑として首を縦にふらなかったとです」

多分ですけど、と静香は続けた。

日奈子は結婚時、啓太に無理をさせたことに負い目があった。自分のわがままでここまできたが、それ以上の要求はできないとわかっていた。だから子供のことは諦めた。そもそも、幾多の段階を乗り越えて生まれたとしても、自分はその子を育てることはできないのだから。

「しかし鈴木くん、子供が嫌いやったんやろか。なんか印象と違うけど」

メタリカが言う。実理科もそれに頷いた。

違和感が走った。啓太は子供が好きだったと思う。

いや。断言できる。啓太は子供好きだ。世田谷の公園で一緒にあの子を助けた時もそうだし、他にも子供たちが楽しそうに彼に寄ってきたのを目にしている。啓太が子供を好きだからこそ、子供も彼にまとわりついていったのだ。

啓太の屈託ない笑顔が脳裏に蘇る。

好きだけど、欲しくなかった？

日奈子との子供は望まなかったということなのか。それとも他に何か理由があるのだろうか。

静香はため息をついて、梅酒の残りを口にすると続けた。

「段々と日奈ちゃんの容態が悪くなると、社長はもう諦めた様子でした。ただ、それを引きずり、心ん中では啓太さんを恨みに思うとったんかもしれません。おまけにこの三月やったか、鈴木家との関係ば終了する届出書が役場に提出されとったことがわかって、事態は最悪になりました」

「関係終了の届け出ですか」

メタリカが言った。

「姻族関係終了届のことですね。死後離婚の届出書」

実理科が答えた。

「配偶者が亡くなった後、残された配偶者の親族と、誰しもが仲良くやっていけるというわけではありません。それを提出することで、親族の関係を断ち切ります。そしたら配偶者家族の扶養や介護を負担しなくてよくなります」

「それです。それが社長の知らん間に役所に出されとったと言うて。えろう怒ってられた」

静香は、片眉をあげて皮肉な笑顔を見せた。

「生前離婚と違って、完全に他人になるわけでもなく、亡くなった配偶者から引き継いだ財産は守られるそうで、配偶者の遺産は相続できるし、遺族年金ももらえます。でも、祭祀《さいし》承継者ではなくなるので、その後の法事を開催したり、婚姻家族のお墓や仏壇を引き取ったりするという義務からは解放される」

「祭さん、詳しいですね」

メタリカが言う。

「前に衣装アシスタントを担当した連ドラの脚本にありました。大家族の長男と結婚した主人公が、夫の死後に姻族のそういうことが全部降りかかってきて、一年中祭祀行事に振り回されて困って死後離婚をする話でした」

啓太は死後離婚を、あらかじめ考えていたのだろうか。

実理科にはそんな気がした。大阪で岩根社長の息子、泰之はこれを「いわく付きの結婚」だと言った。つまり、結婚したのは難病を抱えてしまった日奈子への優しさ。

本来結婚はもちろん、子供、つまり家族を持つことは考えていない。

啓太を「そういう生き方の人だ」と言ってしまえばそれで終わるが、ここにも何かすんなり飲み込めない何かは残る。

「でも、病状が悪化した日奈ちゃんへの献身的な態度を見て、社長は啓太さんにえらい感謝してたんです。だから日奈ちゃんが亡くなった後、鈴木美術ば継いで欲しい、とまで言うたと聞きました」

「その時の、鈴木くんの反応はどうだったかご存じですか？」

「まったくその気はなかったようです。その上、社長が可愛がっている自分側の姪《めい》っ子さんを、啓太さんに薦めたらしくてそれが——」

実理科もメタリカも目を見張る。

「次の相手として、ということですか。そんな現金なこと」

実理科は思わず言った。つまりは自分の血族だけは意地でも絶やしたくないということか。

「そのことは、奥さんもすごく怒っておられて」

「そりゃあ怒りますよ。娘が亡くなってすぐに自分の姪を代わりにすげるなんて考え、なんだか気持ち悪いです」

「だから奥さん、大阪の岩根社長にそっと相談して、それで啓太さんが大阪に行く話がまとまったんです。表向きは『鈴木美術』からの派遣だと、社長を納得させて」

静香は氷で薄くなった梅酒の残りを、一気に口に放り込んだ。

「そろそろわたしから質問して、よかですか？」

メタリカと実理科が啓太といったいどういう関係なのか、どんな経緯でここに来たのか、事情を詳しく聞かせてくれという。

「奥さんに、ちゃんと報告しないとならんのです」と言って笑った。

夫の手前、家を空けられない自分に代わって行ってくれと、小遣いを握らされて頼まれたのだという。それ相応の情報を持って帰らねばならないのだろう。

メタリカが話し始める。

大阪のマルニ工房で一緒に働いたこと、作品作りも一緒にしたこと、その作品が賞を獲ったこと、次の仕事を啓太に頼みたいのだが、東京に行ってから後の、彼の行方がわからないのだということを話した。

メタリカの話で納得したようだったので、実理科は自分のことは話さなかった。

「そうですか。じゃあお二人は、啓太さんを追いかけて博多に来たんやないんですね」

「今、追いかけて……、と」

メタリカは言った。「ええ」と静香は答える。

では啓太は、

「博多にいるんですか？」

実理科とメタリカの声が重なった。目を見開く。突然の朗報に前のめりになった。

「奥さんがおっしゃるには、今朝、日奈ちゃんのお墓に啓太さんが来よったと」

「本当ですか？」

今度は実理科の声が大きく出てしまった。

「はい。多分そうかと」

少し自信なげに静香が言った。

「多分ですよ。奥さんは朝、工場に出勤する前に日奈ちゃんのお墓参りばするのが日課なんです。今朝、奥さんが寄った時、香炉に知らぬ線香の燃え滓《かす》と、墓前には青い薔薇《ばら》の花束が挿してあったと。昨日奥さんが行った時にはのうて、今日はあったわけやけん、昨日の可能性もありますけど」

「鈴木社長が現れる直前、夫人が言いかけてたんはそのことやったんか」

メタリカが言った。

「青い薔薇は日奈ちゃんが一番好きな花やったとです。それで奥さん、啓太さんが来たんやとピンときたと。他ん誰も墓前に派手な青い薔薇なんか持ってこんし、それに燃え残っとった線香ば見たら、向きも逆やったしと」

「線香の向き、ですか」

実理科が聞いた。

「啓太さん、左利きやったけん、線香皿の上で火をつける向きがうちらとは逆になるんです。鈴木家の祖母《ばあ》さんの墓参りの時に、啓太さんが逆向きに置いた線香がもとで、先にあったやつのお尻に燃え移って。煙がもうもうとすごかことになって。貧乏削りじゃのうて貧乏線香になったわて、えらか笑い話しよったことがあって」

確かに、啓太は基本的に左利きだ。ただ、右でも訓練しているのか、食事の時やハサミなんかは右手も器用に使っていた。

「だけど、昨日も今日も特に日奈子ちゃんの命日でもなければ、誕生日でも結婚記念日でもなかけん、何の日やったかねと、奥様と話しよったんです」

「ちなみに、お墓はどちらに？」

メタリカが聞いた。

「光庵寺です。工場からやと、大通りに出たところにある。お二人も通られんやったですかね」

あの寺だ。あそこに今朝か昨日、啓太は来ていたというのか。

実理科は両手で顔を覆った。

「俺らがタクシー拾ったとこの寺やな」とメタリカが唸る。「ああ、なんてことや。一日早く来てたら、遭遇できたかもしれへんのに」と悔しがった。

今夜、啓太はこの博多のどこかにいるかもしれない。

かつての数年間を暮らした土地だ。きっとここには、友人も知人もたくさんいるだろう。そこに身を寄せているのかもしれないし、博多の数えきれない宿泊施設のどこかに泊まっているのかもしれない。

何か騒ぎや事件でも起こせば、自分たちが今夜ここにいると気づいてくれるかもしれない。と変な考えが頭を巡るが、すぐに打ち消した。八百屋お七《しち》のような発想だ。

「マイク持って鈴木くんの名前を大声で呼びかけたい気分や。今夜、博多におるんかな」

実理科はメタリカを見て大きく頷いた。叫んで歩いたら、誰か彼に伝えてくれないだろうか。

ざわついている店内で、ふと向こう側の席に座っていたりしないだろうか。今、この店を飛び出して通りに出たら、偶然に出会わないだろうか。

実理科は走り出しそうになる気分を堪えた。

第四章　沖縄

1

指先に柔らかい髪が絡んだ。首筋からは、焼きたてのパンのような香りがする。

「啓太……」と呟いたきり、実理科はその首筋に這《は》わせた唇で、ふわふわとした産毛のような感触を弄ぶ。

もう一方の手は啓太の冷たい肩に触れている。視線を落とすと、その下にいくつかの引き攣《つ》れた傷跡を見つけた。

古傷は治っているように見えた。指先でなぞる。治ってはいるが、ここにある。傷跡として存在している。それは、れっきとした傷だ。

実理科は自分の手で、その傷跡を消してみようとする。

指先から指腹、そして手のひら全体で傷を包み込んだ。

気持ちよさそうに眠る啓太を、起こそうか起こすまいかと迷っていると、彼は突然ベッドから体を起こした。そのまま立ち上がる。

実理科は名前を呼びかけて、それが啓太ではなかったと思い始める。なんて呼んでいたのだろうか。思い出せない。

立ち上がった背中が離れていく。実理科の視界でどんどん小さくなる。声をかけたいが、なんと呼べばいいのだろう。ああ。行かないで。追いかけようとするが、実理科の体は動かない。瞬きはできるが、体が動かないのだ。口がわずかに開いた。だが、声が出ない。

待って。ねえ、待ってよ。待って。こっちを向いて。ねえ。ねえったら。待ってよ。

待って。行かないで――。

ガクンと、体が奈落《ならく》に落ちたように揺れた。目を開けると、右側の機窓から光の筋が漏れている。同時に機内アナウンスが流れた。

くぐもった機長の声、着陸態勢に入るという。もうすぐ那覇空港に到着する。

座席の小さなスクリーンには、眩《まばゆ》い光を浴びた赤いハイビスカスが映っていた。

鈴木美術の田浦静香と居酒屋で話した翌朝、実理科とメタリカはホテルをチェックアウトすると、すぐに沖縄へ向かうことにした。

啓太がまだ博多に滞在している可能性もあったが、手掛かりもない中、偶然会うことなど期待して待っていても仕方がない。

それならば一刻も早く沖縄の名護へ飛び、市役所の観光課で啓太とおじの情報を探る方が得策である。しかも、望みは薄いかもしれないが、博多まで来ているのであればおじのところに寄る可能性は大いにあり得る。

昨夜、静香から啓太と日奈子の結婚式の様子を聞くことができ、おぼろげに啓太の身の上がわかった。

結婚式は、手広く事業を展開する鈴木美術の一人娘としては、小ぶりでささやかなものだったという。町の教会で営まれた式は、列席者のほとんどが新婦側の親族と友人であり、新郎側は、映画制作に携わった夫婦共通の仲良いスタッフたち数名と親友だという男性が一人。親族に至ってはただ一人、沖縄に住んでいる体格の良いおじだけだったという。

おじの住所は、奥さんに芳名帳で確認してもらい、実理科たちに連絡をくれることになっている。

知りたかった啓太の旧姓についても、奥さんに確認してもらった。

静香の話では、長い白髪まじりの髭《ひげ》を蓄えたおじは日本人だが、皆にリチャードと呼ばれていた。啓太と日奈子が出会った、映画『ガジュマルの木の下で』の撮影現場に、美術や制作スタッフのヘルプとして啓太を呼んだのも、そのリチャードであるらしい。静香は、式や披露宴の間、皆がとても親しげに彼に接していたのが印象的だったと言った。

着陸を無事に終え、那覇空港に降り立った。タラップを降りると、刺すような光の中、風の塊が実理科の髪を吹き上げた。

「日差しがやばいな」

メタリカはサングラスを頭上にあげる。額の汗を黒いバンダナで拭った。

搭乗口を横目で見ながら長い通路を抜け、人の流れと共に手荷物検査場へと向かう。すでに夏を感じる空気が、実理科の気分を優しく包み込む。

この眩しくも優しい風土の中で啓太は生まれ、育ったのだと思うと、その風さえも愛おしい。

メタリカが段取りよくチケットを買い、名護行きの高速バスに乗り込んだ。バスに乗るや否や、「風、風」と、メタリカは空調の吹き出し口に手を伸ばし、送風口を全開にして自分に向けた。

「名護までは、順調に行って一時間四十分ですね」

噴き出る汗が落ち着いたようで、メタリカが着席して言った。

那覇空港から名護までの距離は八十キロ弱、車で約一時間半の道のりだ。高速バスで、約二時間である。レンタカーを借りることも考えたが、それは名護で必要なら考えることにした。同じような費用であればタクシーを利用する方が、運転手から得られる情報も多いのではないか、とメタリカが助言したからだ。

まずは名護で予約したホテルに荷物を預け、啓太のおじを訪ねることにした。その時間までには、おじの住所も静香から送られてくるはずだ。

長旅の長距離バスは、途中で一度トイレ休憩が設けられる。バスが休憩スポットのパーキングエリアに着いた時、実理科のスマホがポケットの中で震えた。

静香からだ。さっき、飛行機から降りた時にすぐに彼女にかけ直したが、応答されず入れ違いになっていた。

タイミングのいい電話だった。暗い車内から、明るい空の下に体を移動させながら、実理科は即座に応答した。視界の先には、きれいな紫色の「紅芋ソフトクリーム」の旗に向かって巨体を揺らして駆けていくメタリカの後ろ姿があった。

窮屈な車内での体を解放するように、実理科はスマホを握っていない右腕を青い空に向かって大きく伸ばした。

だが、電話向こうの静香は恐縮した低い声を出した。

「祭さん、申し訳なかとですが、おじさんの名前はわかったんですけど、住所がきちんと書かれとらんようで。結婚式の日にいらしただけで、鈴木家とそれ以降の交流もなかけん、奥さんも名護市までしかわからんいうことで」

実理科は伸ばした体を戻した。

あてにしていたので残念だが、わからないものはしようがない。

「おじさんのお名前は『たいらりいちろう』、啓太さんの旧姓は『キャン』。喜ぶいう字と、屋根の屋、武道の武で『喜屋武《きやん》』」

「キャン？」

「沖縄には多かお名前ですね」

念のためにと、静香がすぐ後にショートメッセージで送ってくれたテキストには、おじの名前「平良利一郎《たいらりいちろう》」「喜屋武」、かっこがきで（キャン）とあった。

八重子が持っていたメモ、〈フラワー・チャイルド　キャン・テル〉を思い出した。キャンは人名なのか。

利一郎は、姓が違うので母方の兄弟なのだろう。

「あと、啓太さんの親友やいう男性ん名前は、ゆうきだいちさん。こん人は住所も電話番号もわかりました。こん後、写メば送ります。記念写真も見つかったんで、それも一緒に。あと、他に参列した映画のスタッフのことはあまりわかりませんでした」

実理科は「ありがとうございました」と礼をいい、また何かわかったことがあったら連絡が欲しいと伝えた。

「こちらにも、啓太さんのことがわかったら連絡ください。奥さんも心配しとられて」

休憩の十分間に、食べ切れるのか不安になるくらいの、ハンバーガーやら「ポークたまご」の大きなおにぎりやらをテーブルに並べ、紫色のソフトクリームを頬張りながら、メタリカは実理科の報告に頷いた。

「そうと分かったら、ホテルに荷物を置いた後はすぐに名護市役所に行きましょう。そもそも町興しの映画ですから、情報はどこかの部署が必ず持っているはずです。明日は土曜だから今日中に動かないと」

実理科は手渡された、ポークたまごのおにぎりを開封しながら、静香からの写真を開いた。

結城大地《ゆうきだいち》　沖縄県那覇市樋川《ひがわ》〇〇―××××

メッセージの補足には、「結城さんは美容師です。那覇の国際通り近くの美容室で働いとって、日奈子ちゃんがそこで髪を切ってもろうたそうです。啓太さんの後ろでピースサインしとる人です」

実理科は送られた写真を拡大する。

白いスーツ姿で控えめに微笑んだ、少し若い啓太がそこにいた。思わず顔が綻んだ。実理科の知っている啓太より、少しふっくらした頬は褐色で、髪も短い。しかし、その隣を見てすぐに真顔に戻ってしまった。

車椅子に座った日奈子の、弾《はじ》けるような笑顔がそこにあったからだ。実理科の胸は痛んだ。嫉妬と羨望《せんぼう》と、やるせなさがないまぜになり、複雑な気持ちに喉が詰まった。

右隣には鈴木美術の奥さんと鈴木社長の姿、背後には静香の姿があった。

啓太の左横に、おじと思しき髭のダンディな男性と、背後には同年代の友人たち。

そして啓太の後ろにいる背の高い男性がおそらく結城大地だ。

一見、九十年代サーファーのような明るい色の長髪。タイト目のネイビーのスリーピースから伸びる腕は長く、モデル体型だ。一枚目では薄い水色のサングラスをかけているが、次の写真ではそれを頭にかけ、顔がはっきりと見えた。

沖縄の人に多い、彫りの深い顔立ち。あどけない笑顔が実理科のどこかに呼びかける。

ハロー、ハロー。

ツッ、と頭の奥が疼《うず》いた。

液晶画面の端に目をやると、時刻はもうすぐ正午になろうとしていた。

2

名護のバスターミナルに到着したのは、十三時に差し掛かろうとした時刻だった。

普段、利用されているターミナルが先だっての台風でダメージを被り、その場所は臨時ターミナルになっていた。

大きなガジュマルの木がロータリーにある臨時発着場所は、ターミナルという呼び名とはかけ離れていたが、メタリカを喜ばせた。

「大きいガジュマルやなあ」

バスのスタッフから受け取ったトランクをひょいと持ち上げながら、メタリカが歓声に近い声をあげる。

照りつける太陽を遮り、鉄柱の枠や支柱で支えられた巨木は、杖《つえ》と支えでなんとか立っている老人にも似た様子で、歴史を感じる佇まいだ。

さ、行きましょうとメタリカに促され、タクシー乗り場に向かう。予約したホテルへとタクシーを走らせた。

どこもかしこもきれいに光っている、真新しいホテルだった。シンプルな造りのカウンターで名前を告げると、早い時間であったがチェックインすることができた。

部屋で一息つくとすぐにスマホが震えた。詩織からメッセージだった。

〈無事に沖縄に着きましたか？　こちらはもうすぐ仕事が落ち着きそうです。念の為、メタリカさんの連絡先教えておいてください。ファイトです！〉

メッセージの次には、うさぎが力強く右手を掲げているスタンプが目に飛び込んでくる。

昨夜、居酒屋を出てホテルの部屋に帰ると、すぐに詩織に電話をかけた。啓太とニアミスだったことを切々と訴えた。あまりに悔しかったので、話が長くなった。

実理科も、うさぎの目がメラメラと燃えているスタンプをお返しに送った。

三十分ほどの休憩を部屋で取った後、ロビーで待ち合わせると徒歩で名護市役所へと向かった。元々、名護市役所には行くつもりだったので、近い場所のホテルを予約していたのだ。

あらかじめ検索したところ、名護市役所は、国内でも珍しい理想的なコンペを踏んで建てられた建造物として有名だという。画期的なコンクリートとブロックを組み合わせて作られたアバンギャルドな建物は、長い時を経て風化し、今ではファンタジー映画に出てくる遺跡建造物のように見える。

メインエントランスに入ると、いきなり映画のポスターに出くわした。

主演女優を中心に四名の主要キャストが笑顔で立っている。後ろには琉球建築特有の、沖縄赤瓦《あかがわら》と、足元には少し特徴的なシーサーが見える。下部には、キャスト名から監督、プロデューサーをはじめとしたスタッフの名前がずらりとクレジットされていて、一番下に、少し大きな太い字で【名護市活性計画事業組合】『ガジュマルの木の下で』製作委員会、とあった。

受付らしき場所へと歩を進めると、カウンターに飾られた赤いハイビスカスの蕾《つぼみ》の向こうから、男性職員がすぐに出てきた。程よく焼けた腕を紺色のアロハシャツから覗かせている。

「はいさいー、めんそーれ」

白い歯を見せ、初めて会ったとは思えない程の親しみ感ある笑顔を、実理科たちに向けた。

長袖の麻シャツに着替えているメタリカは、名刺を出しながら名乗った。

映画『ガジュマルの木の下で』の話を伺いたいと職員に伝える。

自分達はテレビ番組の制作をやっていて、ドキュメンタリーを撮っている。全国の自治体における地域活性の取り組みに焦点を当てた企画を考えており、ついては名護市で取り組んだという映画制作の秘話などを伺いたい。

と、どこか真実味のある嘘を並べたてた。

このご時世、表立って一個人を捜すとなれば、個人情報保護法により、なかなか面倒なことが多く、得られる簡単な情報でも入手できないかもしれない。

メタリカが差し出す「製作会社　マルニ工房」の名刺も、テレビ番組制作会社に見えなくもない。

実理科はメタリカの後ろで、ポーカーフェイスに構えた。

「では担当を紹介しますから、そこの椅子に掛けてお待ちくださいね」

しばらく待つと、担当だというべっ甲フレームのメガネをかけた女性が現れた。

「わざわざ大阪からお越しとは、ようこそ。映画の話、お聞きになりたいとか」

女性は「金城《きんじょう》」という名札をつけている。好意的な雰囲気だ。

「はい。映画は沢山の市民のご協力で完成したと聞いています。リチャードさんなど、いわゆる名物男のような個性的なスタッフも多くおられたとか。美術を担当された、福岡の鈴木美術さんからもお伺いしました」

メタリカが大阪弁をきれいに払拭《ふっしょく》した言葉で話し、微笑んだ。ほぼ完璧《かんぺき》と言っていいくらいの標準語である。福岡の時からそうだが、営業スイッチが入ると別人のようだ。それに、さりげなくおじの名前を出した。

「リチャードさんをご存じなんですね。昨日もここに来ていましたよ」

金城が破顔した。連絡してみますよ。お二人はいつまでこちらに滞在に？　ペンを握って卓上のメモ用紙を引き寄せた。

「滞在日数は数日の予定です。できれば今日、今からですとか、明日とかにお会いできれば願ってもないことなんですが」

メタリカが丁重に話すと、金城は「連絡してみましょう。少々お待ちくださいね」と、一旦奥へと引っ込んだ。

オープンなオフィスなので、向こうのデスクで金城が受話器を持って電話をかけている姿が見える。何がおかしいのか、頭をのけぞらせて笑い声を立てている。実理科は目の前のハイビスカスの蕾を触りながら、彼女の背中が揺れているのを眺めていた。

受話器を置き、こちらに振り返った。

実理科とメタリカに目を合わせると、さらに砕けた笑顔になり、金城は手に持ったメモ用紙をひらひらと振り、指でオーケーを示した。

カウンターのハイビスカスがそっと花弁を広げた。

3

翌日。

海からの風が、実理科たちの髪を躍らせている。

日差しの眩しい午後三時、市役所の車寄せである。もう諦めたように半袖のシャツを着てタトゥをさらけ出しているメタリカと、日傘を握りしめている実理科が突っ立っていた。

目の前に停まった車から、若い男と小さい子供が降りてきた。手を繋ぎ、楽しそうに建物へと入っていく。二人の視線は親子に向けられていた。

「鈴木くん、マルニ工房では技師の子供とも、よう遊んでましたわ」

なんでやろ？　とは続けなかったが、実理科にもその疑問が頭の中を巡る。

啓太にとって、子供を持つことは怖いことだったのだろうか。いや、それとも他に……。

やがて派手な音楽と共に、赤いピックアップトラックがやってきた。

「めんそーれー」

運転席から降りてきたのは、ヨレヨレだが鮮やかなブルーのツナギを着た、がっちりとした大男だった。後ろから、大きな犬もぴょんと降りる。頭にも同じブルーのバンダナを巻き、白髪まじりの長い髭を蓄えている。髭だけは写メと同じだ。

「木村さんね？」

日に焼けた彫りの深い目鼻。目尻に人懐っこいしわを作ってメタリカと実理科の顔をしっかりと見た。手を取って親しげに握手をする。

実理科も名乗った。

「平良です。初めまして。みんなリチャードと呼ぶよ。こいつはゴールデンレトリーバーのテル」と、同じブルーのバンダナを首に巻いた犬の頭をくしゃくしゃと撫でた。

「テル？」

実理科は思わず聞き返した。

リチャードは笑顔で実理科の顔を見て頷く。

「ほらテル、お姉さんにご挨拶しな」

リチャードの言葉に呼応するように、実理科とメタリカの前でテルはお座りのポーズになった。テルという名は、沖縄に多いのだろうか。

リチャードの温かな雰囲気は、まるで啓太の面影を見たようだった。おそらくメタリカは同じことを思ったのだろう。横目で視線をよこすと、目を細めて懐かしそうな表情を浮かべた。

リチャードの工房で話を聞くことになり、トラックの助手席には実理科とテルが。スペースの問題で、メタリカは荷台へと乗り込んだ。海岸沿いの道を少し走った後、山間《やまあい》へと進む。舗装されていない道は、涼しい顔で運転するリチャードをよそにトラックを激しく揺らした。

助手席でこんなに弾んでいるのだから、荷台にいるメタリカはどうなっているのだろうと心配になった。背後の小窓を振り返ろうと思うが、実理科はリチャードとテルに挟まれて身動きが取れず、それは叶わなかった。

しかし、この助手席で、啓太も揺られていたのだと考えると少しおかしくなった。今の実理科と同じように、テルと並んで窮屈そうに弾んでいる姿を想像し、口元が緩んだ。

やがて、車酔いで吐き気を催してきた。そろそろ限界かもしれないと思った頃、高い木々の向こう側に空が抜けて見えた。門に見立てられた腰くらいの太い杭《くい》の間を行くと、そこには小さな公園ほどの平らな敷地が広がっていた。

「さあ。着いたさ」

助手席から降りた実理科は、気持ち悪くて言葉も出ない。荷台から降りてきたメタリカは顔面蒼白《そうはく》といった様子で、今にも吐き気を堪えているという状態だ。テルも心なしか会った時よりも、少し覇気のない姿で車から飛び降りた。

リチャードは正面にある、褪せた赤のトタン屋根の建物へと入っていった。

気持ち悪さを回復させるために、実理科とメタリカは大きく息を吸って空を仰いでみたり、敷地をうろうろと歩いてみたりした。

気がつくと、敷地の端に置いてある、やけに大きなシーサーに見入っていた。人の三倍くらい以上はある。作業途中なのだろう。クリーム色の液体を被せられている。

「これは、わんが趣味で作ってるシーサーさぁ」

折りたたみの小さな椅子を持ったリチャードが背後に立っていた。

製作したシーサーは途中で、大抵誰かが欲しいと申し出るので、完成させては誰かに譲っているという。もっとも、これは大きすぎて、誰も貰《もら》わないだろうと言った。

三人は、積んだ煉瓦でつくられた焚《た》き火場所を囲むように座った。

食卓の椅子と丸い腰掛け椅子、キャンプの時に使うような折り畳みの椅子と、バラバラな感じが良かった。

平たく大きい木かぶの上には、同じように統一されていないカップやグラスが、紙パックコーヒーと一緒に丸いぼんに載せられていた。

傍のテルが、大きな舌を出して荒い息遣いで座り、こっちを見ていた。メタリカも横でテルに目をやった。

二人は、改めて名刺を差し出した。

「メタリカと呼んでください」とメタリカがいうと、リチャードが「じゃあ、メタリカさんと、実理科さんね」と親しく呼び直した。

「それで？　映画の話を聞きたいんと、金城さんが言ってたけど」

リチャードの言葉に、しばしの沈黙で答えてしまった。

実理科が口を開こうとした時、メタリカが意を決したように、大きな声を出して膝に両手をついた。

「すみません。リチャードさん」

頭を下げた。

「市役所で金城さんに話したことは嘘です。自分たち本当は、連絡がつかなくなった鈴木くん、いや、啓太くんを捜しています。映画の関係者と名乗らなければ、リチャードさんと繋がれないんじゃないかと懸念して、つい嘘を」

切羽詰まったその言い方に、実理科もならんで恐縮した。

「ああ。そうなの。金城さんたち、残念がるなあ。喜んでたから」

すみませんと再度頭を下げる。リチャードは困ったような笑顔であったが、ややあって、不安げに眉をひそめた。

「だけど、うんなわざわざ内地からやってきて、嘘までついて捜してるって。ひょっとして輝《てる》、みんなに借金でもしてるの？　それとも、何かあいつに恨みでも……」

てる？

その二文字が実理科の頭の中にまるで波紋のように広がった。啓太のことを〝てる〟と？

「違います、違います」

メタリカが、慌てて否定した。借金も恨みもないです。友人として、心配して彼の行方を捜しているだけなんです。共作の作品も受賞して、次の大きな仕事の依頼があることも伝えたいですしと、続けた。

「あの今、てる、とおっしゃいましたか……？」

実理科は恐る恐る聞いた。

「そうそう。輝は啓太のこと。あいつは成人して改名してるから。元の名前は輝ね。輝くという字ひとつで輝」

あんまり言ったらダメなんだったかと、リチャードは独りごちる。

芝生の上で寝そべっていた犬のテルを見た。

「だから、あいつの名前がテルやさ。輝がつけたのよ。改名の時に、俺ん名前を授けよう、って」

「どうして改名を？」

実理科は聞いた。

「いろいろ……。あってね」

リチャードが低い声で言った。

「改名て、簡単にできるもんなんですかね？」

メタリカが聞いた。

「家庭裁判所に申し立ててさ、認められたら誰だって改名できるんだよ」

では、啓太の本名は、キャン・テル……。

「フラワー・チャイルド？」

実理科はその名を口にしてみた。

するとリチャードは、口元を緩めて、目を細めた。

「懐かしいね。輝さ小さい時、あん言われてた時があったなあ」

言われていた、とは幼い頃の啓太自身の呼称なのだろうか。

やはり、何かが繋がっている。実理科の知らないところで。

フラワー・チャイルドってなんですかと聞こうとしたが、次の言葉が実理科の質問をぶっ飛ばした。

「ところで、さっき輝が連絡つかんで捜してるて言うたけど、あいつは、今日は宮古に行ってるんよ。両親の墓参りしてくるて。昨夜はここに泊まったしさ。さっき、バスターミナルまで送りに行ったとこよ」

「昨夜、ここに？」

「さっき送ってきたんですか？」

「そう。二人と会う前に」

「あの、ガジュマルの木のところですよね？」

メタリカが言った。

「そうよ。車で五分くらいのとこね」

クー、と喘ぐような声をメタリカは出した。

「もう少し早く来たら、あそこで会えたのにね」

軽い調子でリチャードは言う。

「俺ら、さっきめちゃくちゃ近くにいた、ってことですもんね」

実理科も、目を瞬かせて天井を仰ぎ見た。開いた口が塞《ふさ》がらない。

それを見てリチャードは笑っている。

「ははは。そんなに残念がらんでも、輝は明日また、ここに戻ってくるよ」

実理科とメタリカは、その言葉に動きを止めた。一斉に目を見開く。

メタリカが「やった」と小さくガッツポーズを作った。

「明日、午前の便。名護バスターミナルには二時くらいに着くから迎えに行くことになってる」

明日、あのターミナルに啓太がくる。

実理科はじわりと目頭が熱くなった。会えるよ。やっと明日啓太に会える！　思わず、心の中で叫んだ。

「そうね。あのシーサーの仕上げ工程見届けたら、その後は台北《タイペイ》に行くと言うてたよ」

台北って、台湾やんとメタリカが言った。

「輝のおばがずっと台北に住んどるんだよ。鈴《すず》さんいう人でね。あっちは輝の父方の妹ね。従姉妹もいるしね。久しぶりに会いたいんやないのかな」

リチャードが微笑した。

「それで？　みんなは輝のどんな友達なの？　聞かせてよ。あいつの友達が心配して、内地からわざわざ来ただなんて、嬉しくて仕方ねーんさ」

リチャードの問いかけに、メタリカが経緯を話し始めた。

大阪での啓太との出会い、一緒に工房で仕事をしたこと。作品作りから受賞したこと、そして弟を助けてくれたこと。

「そっか。輝は時々、そうやってみんなのことも助けて過ごしてるんね。日奈子ちゃん亡くなってから、心配しとうたんさ。それで実理科ちゃんは、東京で会ったんさね？」

実理科は、啓太とは偶然に東京の公園で出会ったと告げた。啓太は実理科の亡くなった母、八重子とも交流があり、生前の母について何か重要なことを知っているかもしれないのだと言った。

芝生の上にいたテルが、ヨロヨロと実理科のそばにやってきた。舌を出してまた息が荒い。

「テルくん、大丈夫かな。ちょっと苦しそう」

メタリカが言った。

「テルはちょっと気管が他の犬より細いらしくてね。だから首輪もしてないんだけどさ」

実理科は、テルの後頭部から背中を右手で優しく撫でてやった。長い毛並みの上からでも、実理科の手に内臓の振動と温かさが伝わる。すぐに、テルの呼吸は穏やかになった。手のひらを通じて、実理科もまた癒《いや》されるように落ち着いた。

「テルは実理科ちゃんに懐いとるね」とリチャードが言い、「俺んとこにはちっともよってこんけど」とメタリカが応えた。

実理科の手の下、テルは伏せのポーズになり、今度はそのままゴロンと横になった。舌もしまわれ、すっかりリラックスしている。

ツッ。と、実理科は頭の奥が痛んだ。思わず顔を顰め、左手の指先でこめかみを押さえた。

「実理科さん、大丈夫ですか？」

メタリカが心配そうに訪ねる。リチャードと合流して以降、メタリカは実理科を下の名前で呼んだ。

「うん、大丈夫です。ごめんなさい。小さい頃からの持病で、時々あって。大したことはないので」

実理科が笑顔を見せると、メタリカとリチャードはのぞき込んだ体勢を戻した。

「明日、輝が戻って再会すんの、楽しみさぁ。実理科ちゃんのお母さんとのことも聞いてみればいいし、メタさんの受賞のお祝いもせんといけん」

実理科は、テルの背中を撫でながら微笑んだ。


「か、かわいい」

アルバムのページをめくって、思わず実理科は声を上げた。三人一緒に覗き込む視線の先にあるのは、手のひらに小さなシーサーを載せてにっこりと笑う幼い啓太と、髭のない、目のくりっとした若き日のリチャードの写真だ。

「わんも若いわ」

リチャードが部屋の奥から出してきた折り畳みコンテナの中には、不揃いのフォトアルバムやファイル、ノートなどがぎゅうぎゅうに詰められていた。隙間からペナントの三角形がはみ出て、たて笛や卒業証書らしき丸い筒も差し込まれている。

「輝が持っていかんからさぁ、ずっと置いたままよ」とリチャードは苦笑した。

せっかく来たんだからと、リチャードがオリオンビールを振る舞ってくれた。メタリカが小さな歓声をあげ、なし崩し的にちょっとした飲み会となった。

アルバムを捲っていくと、啓太の詰襟姿も出てきた。修学旅行なのか、『輝』と一文字書かれたうちわを手に持ち、それこそ輝くような笑顔で数人の友達と写っている。

ああ。なんていい表情だろう。

「この頃は、輝という名前が好きだったんですよね」

実理科は写真の『輝』と書かれたうちわを指でなぞる。

どうして、わざわざ改名などする必要があったのだろうか。

「だけどよく家庭裁判所が改名を認めましたね。ドキュメンタリー番組で見たことがありますが、奇妙すぎるキラキラネームや特殊な漢字とか、『改名する正当な理由』がなければ、なかなか認められないって」

実理科の言葉に、リチャードは口をつぐんだ。そして実理科とメタリカの顔を見た後、考え込むように視線を下げた。

「そうね。二人は、輝の大事な友達やもんね」

リチャードがつぶやいた。立ち上がると、座敷の奥へと引っ込んでいく。

しばらくして戻ると、何も言わずに実理科とメタリカの前に、一冊のファイルを差し出した。

「あの子が注目される度に嬉しくて、妹には内緒っし集めとった記録さ。最後は……」

肩を落として、潤んだ瞳を逸らす。
焚き火場の残り火を、開け放たれた縁側からじっと見つめた。
「わんも、大事な妹を失っちまったんさ」

4

《平成十一年一月二日　週刊女性セブンス》
——奇跡！　喜屋武輝くん（4歳）が救った子供たちの命。

そんな奇跡を誰が信じるだろうか。いや、これは奇跡ではなく沖縄県、宮古島市の市民プラザで起こった現実なのである。その日、十二月のクリスマス前の二十三日。同市のヒカリ幼稚園の保母ら三人と十一人の園児たちが、市民プラザ前の小さな広場に設けられた、リアルツリーの飾り付けを行なっていた。午後一時半過ぎ、それまで大人しく作業していた園児の一人、喜屋武輝くん（4）がその木に触れた後、呼吸が突然苦しくなり、火がついたように泣き出した。心配した保母が駆け寄ると「ここにいちゃダメ」と泣き止まない。あと二十分ほどで帰園予定にしていたが、あまりに動揺している輝くんの様子に、保母ら三人で早めの帰園を決め、全員が帰り支度をしてその場を移動した時だった。

保父の比嘉《ひか》たかしさん（27）はその時、急ブレーキと軽い衝撃音を耳にし、瞬時に前の道路で事故があったのがわかったという。だがまさか、その事故の余波が自分たちに及ぶとは思いもよらなかった。対向車を避けようとした車が、あろうことかそれまで比嘉さんたちが作業していたツリーに猛スピードで突っ込んだ。

「気がついたら目の前を車が横切った。一瞬の出来事で身動きひとつ取れなかった」

もし輝くんが泣き出さなかったら、あのように言わなければ、自分たちはどうなっていただろうと考えると、今でも生きた心地がしないという。結果的に輝くんは、十一人の園児たちと三人の保母らの危機を救った。どうして彼がそのような感情を抱き、言葉を発したかという背景については、彼の曾祖母《そうそぼ》である伝説のシャーマン（霊媒師）、喜屋武ウトさん（76）の血筋と無関係とは考えにくいと記者は考えており、この不思議な出来事への検証を追っていきたいと——。

《平成十年二月一日　沖縄ジャーナル》

——予言的中！　驚異の幼稚園児。～クリスマスに起こっていた奇跡とは～

《平成十一年十月十五日　宮古タイムス》

――癒しの手で、病気を治し、花が咲いた！　フラワー・チャイルドの記録。

　啓太が四歳の時の記事を筆頭に、彼が新聞や週刊誌などで取り上げられて記事がスクラップになっていた。

「輝はわんの妹、貴和子《きわこ》の二人目の子でね。一人目の男ん子は、生まれてすぐに亡くなってしまってさ、翌々年に生まれたのが輝。一人目に用意しとった名前をそのまま輝に授けた。赤ちゃんの時は、本当によく泣いてたんさぁ」

　兄妹は仲が良く、貴和子は輝を連れてリチャードによく会いに来ていた。

　最初の頃は些細なことだったという。

「今日、ばあばがステンと転ぶ」と輝が言うと、その日の午後、少し離れて暮らす祖母は、行きつけの魚市場で足を滑らせて転び、腰を痛めた。

　近所のお嫁さんが妊娠をした。まだ誰も性別を知らなかった時期に、彼女のお腹に耳をあて、「男ん子だ。一緒に遊ぼうね」と言った。彼女は八ヶ月後、無事に男児を産んだ。

　テレビで、来年の催しを告げていた地元のアナウンサーをじっと見つめた後、「でも来年は会えないね」と涙目になった。大晦日《おおみそか》の放送で、そのアナウンサーがくも膜下出血で倒れ、突然帰らぬ人になったことを知らされた。

　輝はなんの意図もなく、思うままにそれらのことを口にしたが、そのことが母親の貴和子を不安にさせた。

輝には普通の、平穏な人生を送ってくれることを祈っていたからだ。

だから貴和子は、できるだけ輝のそういった個性を隠していた。だが、彼が四歳のクリスマス直前、幼稚園行事であの事故が起きた。地元新聞や週刊誌にそのことが載って明るみに出、それまでの努力は一気に徒労に終わった。

しかし、輝の個性は夫の祖母、ユタであった喜屋武ウトをとりわけ喜ばせた。サーダカンマリだ、輝の宿命なのだとウトは言った。サーダカンマリとは、つまり神に選ばれたというユタ、つまり男性でいうシャーマンの特別な資質のことであるが、貴和子にとってはそれが「不幸」の烙印《らくいん》のように思えて仕方がなかった。

貴和子の家系にはないものを喜屋武家の血筋は持っていた。祖父は喜屋武啓《ひらく》という高名な美術家であり、沖縄県下には彼の作った建造物がいくつも残っていて、小さな記念館まである。輝は、そういう芸術系の血を引いたのだろうと思った。だから、輝の繊細で、敏感な感受性は、彼の個性だと思いたかった。決してサーダカンマリではない。

とにかく、シャーマンにはなってほしくなかった。

なぜなら、例外的にウトは孫やひ孫に囲まれた穏やかな人生を歩んでいるが、他のユタは違った。その道は大抵辛く、時には弾圧にも晒され、原因不明の病気や不幸に見舞われたりと、不遇な生涯を送っている者が多かったのだ。

「だから妹は輝に、思ったことをすぐに口にするのはならんと、よう言い聞かせてたよ。クリスマスの事件の後、幼稚園の先生方や園児たちの家族に、いくら感謝ん気持ち聞かされたって、複雑な顔して頷いてたさ。輝が自分も含めて皆の命を救うとは本当に良かったんやけど、これからの輝を考えると、覚悟を決めんならん、って」

輝はその後、マスコミや地方誌などでたびたび取り上げられ、小学生になった頃にはちょっとした有名人になっていた。

春休みに、植物園に出かけた時、車椅子で来園していたおばあさんとその娘さんに話しかけられた。足の悪いおばあさんの膝を輝が摩ってあげると、嘘みたいな奇跡が起こった。

おばあさんは『アルプスの少女ハイジ』のクララみたいにすっと立ち上がり、おぼつかない足でゆっくりと歩いたのである。目の前で見ていた貴和子とリチャードも、嘘みたいな出来事にただ目を丸くしていた。真偽はわからなかったが、娘さんとおばあさんはいたく感激して輝と一緒に写真を撮りたがった。その時、輝の手には一輪のハイビスカスが握られていた。

その写真がなぜか三流雑誌に載り、輝は「フラワー・チャイルド」という見出しをつけられた。それからそう呼ばれるようになり、内地からの問い合わせで全国区のテレビ出演もしたという。

「深夜にやっとるいう短い番組やね。宮古まで、輝に会いにカメラ担いで東京から来なさった」

静かに暮らしたい貴和子の思惑とは反対に、周りが輝を放っておかなかった。また、そのことを喜屋武家の方は喜んでいたので、貴和子の立場は弱かった。

「その後には、アメリカに住んどった、そういう権威の教授さんに呼ばれてさ。妹夫婦は輝連れて渡米して、向こうのテレビ番組にも出演したんよ。貴和子は嫌がっとったけど、物心ついた輝が外国に行ってみたいと聞かんし、何より旦那は乗り気やったしね。でも、帰国した後、えらいことになって」

海外のテレビ番組に出演したという尾ひれもついて、植物園で撮られた写真は、なぜかいろんなところに出回って掲載された。おそらく今のようにコンプライアンスなんて、まるで考えられてはいない時代だ。

輝はまた幼稚園の時のように、いや、それ以上に世間に勝手にもてはやされた。

「その植物園で会うたおばあさんが、うちらと会う前日に、元気に買い物しとる写真が週刊誌に載って。実は、元々元気に歩ける人やったみたいでさ。わんも貴和子も声かけられた時に少しおかしいな、とは感じてたんだけど、それが現実になってもうた。うちらが世間を騙したんじゃない。騙されたんさ」

三流週刊誌に唆されて、年老いた母と娘が謝礼欲しさにやった「やらせ」だったそうだ。

「かわいそうにさ、輝は何もやっていないのにインチキ呼ばわりされることになって」

当時は電話帳が各家庭に配布されていた時代だ。朝っぱらから家に抗議の電話がかかり、出所不明の脅しの手紙が届いた。

貴和子の心配は現実になった。目に見えない相手が暗闇から石を投げてくるように、一家を襲った。当時、まだ存命だった貴和子とリチャードの両親の支えがあり、どうにか耐え忍ぶことができたが、貴和子の懸念はもっと他にもあった。

曾祖母ウトが気にしていたカミダーリィである。

カミダーリィとは、神からの啓示を意味する夢見や幻覚のことで、それが輝の身に現れていないかと、ウトは毎日のように電話をかけてきた。

ユタになる人物は宿命であり、神からの啓示があってこそ誕生するからだ。ウトが話すには、輝はこれまでなかった、新しいシャーマンになる存在なのだと神が告げてきたのだという。

貴和子は毎日、輝がそんな夢を見ないように祈った。いったい、誰に祈っているのかはわからないが、目に見えない力が、神が本当にそこにいるのなら、どうか息子をその世界へ呼ばないでと願った。

沖縄、宮古島で育った貴和子ではあったが、生まれたのは内地の病院だ。貴和子とリチャードの母は内地から嫁いできた人で、小さい頃から父や、父方の家族には内緒で貴和子に「神との距離」を説いてきた。「距離」を心に置いておきなさい。無条件に曝《さら》け出して頼ってはいけない。まずは自分の力からすべては始まるのです、と。

「敬いの心は大切だよ。見えない力もそこにあるかもしれない。でもさ、一番大事な時に手を差し伸《の》べてはくれないのさ」

リチャードが寂しげに言った。

幼い頃の輝は貴和子の言いつけをきちんと守っていたという。できるだけ自分のセンサーを閉じるように心がけたという。

「すると輝は、いい具合に予言めいた夢も見なくなったし、伝わるように頭の中に流れちゃる想像も、どこかへ消え失《う》せたんだと言ったんだ。変な話、輝ん中学に上がったばかりの時にウトさんが老衰で亡くなったこともあって、わんも妹も安心してたんさ。高校に行くまでは――」

進学した島の実業高校で、たちの悪い先輩男子に目をつけられたことが発端だった。

彼は当時那覇を二分していた暴力団のひとつである、よしみ興業の幹部の息子だと、その名前をちらつかせてはやりたい放題の悪行をしていた。カズヤと呼ばれていたそいつは、狡猾《こうかつ》で体格がよく、格闘技の基礎を身につけていた。那覇で中学を卒業しているのに、単身でわざわざ宮古島の高校に寄越されたということ自体、親が厄介払いをしたのかもしれなかった。正直カズヤは、島での時間を持て余し、攻撃の〝対象〟を探していたに違いなかった。

口数も少なく、線の細い輝は見るからに揶揄《からか》い甲斐《がい》があったのだろう。おまけに、輝が昔、週刊誌や新聞などで話題になった「フラワー・チャイルド」だとわかってからは、カズヤの〝対象〟として申し分ない存在となった。

餌食《えじき》となった後の揶揄いは尋常ではなくなり、恐喝、暴力と、どんどんエスカレートしていった。輝の、幼い頃にもてはやされた能力をインチキ呼ばわりし、それに対して沖縄県民が損害を受けたと、輝の罪を並べ立てた。

実際、少年法に守られている邪悪な未成年ほどたちの悪いものはなかった。今の都会のように、あちこちに防犯カメラが設置されているような時代ではない。悪意は、大人の見えないところで実行され、島育ちの素直な性質を備えた者ほど、カズヤとその仲間たちに蹂躙《じゅうりん》された。

当時、急速に普及したインターネット電子掲示板の匿名サイトに「喜屋武輝」「きゃんてる」の名前を掲示し、見知らぬ人達にも輝への悪感情を煽った。何がカズヤにそこまでの暴力性を与えてしまったのかはわからなかったが、輝が親しくしていたウトと同じユタのおばあは、「アンタみたいな神の子が誕生してしまったから、同じ力を持つ悪の子も、また誕生してしまったんだなあ」と言った。

輝は輝なりに戦っていたが、暴力では敵《かな》わなかった。カズヤは会えば、何かしらいちゃもんをつけて殴ってきた。当時の輝は体じゅうに痣《あざ》を作り、肋骨《ろっこつ》は常にどこかしらが折れていた。だが輝は抵抗することを諦めなかった。しかしそれが、カズヤを逆に刺激した。そのうちに輝の友人たちや、輝を慕っていた後輩たちをも攻撃し始めるようになった。

狡猾なやり口で輝を孤立させていった。己の手を汚さずに、仲間内にあらぬ噂や嘘を流し、仲違《なかたが》いさせ、お互いを攻撃させた。

ある日、親友だと思っていた幼馴染みに誘われて宮古に一つだけあったディスカウントストアに行くと、そこの駐車場にカズヤと見知らぬ子らが待っていた。「ゲームして遊ぼう」と持ちかけられ、暴力を受けていた親友を庇《かば》うために断れず、くじを引かされ、負けさせられ、罰を加えられた。笑いながら、輝の衣服を一枚一枚剝《は》ぎ取っていき、しまいには下半身を露出させられていた。輪に加わっていた胸の大きな女の子のタンクトップをカズヤが掴んで胸を露出させると、意識とは無反応に勃起《ぼっき》した輝を見て、みんなで大笑いした。

仲が良かった友人たちは、いつの間にか壊されたジグソーパズルの絵のようにバラバラになっていた。一枚の大きな絵は、隣のピースがどこに行ったのか、さっぱりわからなくなり、そこにあるのか、ないのかさえもわからなくなってしまった。

でも、輝は負けなかったという。周りの方が心配し、父と母、先生や、見兼ねた仲間との間に交わされた話し合いの記録をリチャードは知っているが、問題解決には至らなかった。

やがてそれは、輝の家族へと影響を及ぼし、取り返しのつかない事件へと発展した。

スクラップブックの最後に、隠されるように一枚の切り抜きが挟まっていた。


「放火事件。二名死亡」

平成22年7月21日。午後11時35分ごろ宮古島市太平のあおぞら食堂が燃えていると119番通報があった。約一時間後に火は消し止められたが、強風に煽られ、店舗と住居の二階建て家屋延220平方メートルをほぼ全焼した。助け出された同食堂のオーナー、喜屋武敬《たかし》さん(37)、妻、貴和子さん(36)は病院に運ばれたが敬さんは既に心肺停止で死亡。貴和子さんも未明に死亡が確認された。一家は長男(16)と三人暮らし。当夜、長男は親戚の家に行っていたため助かった。

宮古島署と消防本部は、火の気のない納屋から火が起きたと考え、放火事件と見て捜査を進めている。


記事には焼け落ちた、原形もわからない家屋の不鮮明な写真と、かつての「あおぞら食堂」

の写真が並べて掲載されていた。

事件の三日後に捕まったのは、母親のお腹の中にいた時から知っていた、近所の嫁さんの息子だったという。

5

瞼《まぶた》の腫《は》れが、朝になっても引かなかった。

実理科は鏡の前でもう一度、冷やしたコットンを目に当てる。

ようやく今日、啓太と会えるというのになんて顔をしているのだ。何度も洗顔したり冷やしたりしたが、それらは一向に機能せず、顔全体が一回り大きくなったように見える。

昨夜、リチャードの話が終わると、実理科とメタリカはしばらく動けなかった。

身体中のすべてが泣き震えていた。実理科は腕を交差させ、自分の肩を抱いた。腕の中に啓太はいなかったが、心では十六歳の啓太を強く抱きしめていた。

「そんなこと、あってええの。めちゃくちゃや」とメタリカが目を赤くして言い放つと、リチャードはしばらく沈黙した。

「それで、その主犯のカズヤは捕まったんですか？」

「近所の子が火元になったタバコの吸い殻を投げ込んだことがわかったけど、あん子もゲームやからと唆されたて。最終的には、三人の子ら以上がそれに関わっとった。けど、あいつは狡《ずる》賢《がしこ》うて、誰かに指示されたんやいうて言い逃れて」

「じゃあやつはお咎めなし、ってこと？」

メタリカの言葉にリチャードは頷いた。

「そんなの、ないわ」

「あの頃、よしみ興業は警察にも影響力を持っとった。捜査もちゃんとされたのかどうか——。しかも、妹の店が消防の立ち入り検査で防火設備の不備があったちゅう、昔のことを引き合いに出してきた。こっちにも落ち度があるて言い方で」

「関係ないですやん。二百パーセント、放火した方が悪い」

「捕まったあん子以外はみんな十三歳以下でな。触法少年とかいうて、お咎めなしよ。確かに、あの子らも被害者かもしれん。臭いのする雑巾《ぞうきん》の端やら、手拭いやらを納屋の窓から投げ込むと何かもらえると言われたらしい」

「臭いって？」

「気化したガソリンな。バイクのタンクに入れようとして溢れたガソリンを拭《ふ》き取ったタオルがあって、そこからろくでもないこと考えついたんよ。あいつらは」

見えない大きな瘡蓋《かさぶた》を、一気に剝がして血を流しているように感じた。

「でも、天罰は下ったよ。……妹たちは戻らんけどね」

リチャードは悔しそうに言った。

カズヤは、卒業を待たずに宮古島から那覇に戻り、あこぎな仕業を続けていたらしい。そんな中、沖縄を二分していた暴力団、旭波會《きょくはかい》との抗争に巻き込まれて、亡くなったのを、新聞記事で知ったという。

リチャードは「ごめんね」と、実理科とメタリカに向きなおって、頭を下げた。

「輝、急に皆の前から姿を消してさ。実理科ちゃんや、メタさんに連絡しないのも、悪気はないのよ」

実理科は顔をあげた。

「輝はいつも逃げながら、ずっともがいてるんよ。どうしていいかわからずにね。昔、輝がフラワー・チャイルドと呼ばれてから、実に多くの人が妹んとこに訪れるようになった」

「そりゃ、そうですよね。みんな、自分の未来を知りたがる」

メタリカが言った。リチャードは頷く。

「輝の言葉ひとつで進路を変えたり、行動を変える人も多かった。でもさ、変えた人がその後、何もかもがうまくいくわけはないでしょ。変えた後に起きる事故や失敗を全部輝のせいにする人もいた。言われた通りにやったのに、なんなのって。現に沖縄には、逆恨みで輝を執拗《しつよう》に憎んどる人もおる。それに、輝の予感だって、機械のように確実な答えが見えるわけじゃないんよ。たまたま、夢や頭の中で『視る』『感じる』ってだけでさ」

だから心を閉じていた。長い間。

心を開いて予感したことを口にし、誰かを助けようとすると、それは空回りした。戸惑わせて、助けたい人を余計に混乱させた。

「昔の輝くんは、予感や予知を自分の中で見ないように、その能力を閉じていた。……せやから、ご両親の死も予知することが、できひんかった」

メタリカが声を詰まらせながら言った。

「どうか、甥っ子を許してやってさ」

リチャードは、実理科とメタリカの手を取って言った。

どれだけ苦しかっただろう。

もし自分の心を開いていたら、両親は死なずに済んだかもしれないと考えただろう。

心の扉を開くことと、閉じること。この開閉がうまくいかなくて、輝の人生は思わぬ方向へと転がっていった。特別なそのセンサーが高ければ高いほど、敏感であればあるほど、社会で生きていくことを困難にする。

だから、人と深く関わることを恐れる。

輝にとっては、開くことが恐怖なら、完全に閉じることもまた、恐怖なのだ。


「あかん。なんかドキドキするわあ」

大きなガジュマルの木の前で、メタリカが何度目になるかわからないセリフを繰り返した。

実理科は天を仰いだ。まったく同じ気持ちだ。もうすぐここに啓太が現れると思うと、心はふわふわと落ち着くところを知らず、ずっと暴れ躍っている。

指をそっと瞼の上に持っていき、目の上の腫れが少しでも引くように念じる。

日差しは強く、足元の影はくっきりと立っていた。名護バスターミナルの臨時発着場所は、昨日と全く変わらない静かな空の下、違うのは凪《な》いでいる風だけだった。

リチャード、メタリカ、実理科と三人が横並びで輝を待つ。

実理科とメタリカは、共にレイバンのサングラスをかけ、リチャードは昨日と同じ青いつなぎにバンダナ姿だ。そこに色の濃いオークリーのスポーツサングラスをかけている。

誰かを送ってきたらしい車のリアウィンドウに映った自分たちを見て、実理科はそのアンバランスさに少し吹き出しそうになる。

初めてMさんのアシスタントをしたのは映画だった。

とある島で、いつ帰ってくるかわからない家族を、バス停で延々と待ち続ける三人組の話だった。喧嘩したり、泣いたり笑ったり。そうしながら、愛する家族の帰りをただ待つ。ストーリーが進んでいくと、実はこの三人が、地震による原発災害でその地を去った家族が飼っていた犬の化身だったことがわかるのである。

「無事にバスに乗ったんですよね。ねえリチャードさん、鈴木くん、いや輝くんから電話ありました？」

リチャードは頭を振った。

「輝は今、携帯電話を持ってないからね」

「そっか。そうでしたね」

メタリカが落ち着きなく片足を踏み鳴らす。

「メタさん、輝と会うの久しぶりんやさ？」

リチャードが聞いた。

「メタさん、て。その呼び方、なんとかなりませんかね。なんか響きが嫌ですわ。〝メタリカ〟です」

「そう？　けどメタリカ、ってのも変やあらん？　なんでそんな名前なの。確か名前は——」

「木村雄三《ゆうぞう》です」

「その名前の方が良いんじゃない。木村くん、とか雄三くん、とか。ダメなん？」

「ダメって訳やないですけど。仲間内に、木村て苗字が三人もいるんですよ。おまけに、ゆうぞう、って名前のやつもおりますし。ややこしいんで、メタリカと呼ばれるようになったんです。ちなみに先回りしてお答えしますと、ヘヴィメタルバンドの『メタリカ』はもちろん好きですけど、この名前の由来はメタリック、つまり鋼の、という意味です。鋼のような精神と肉体で、強くしなやかに生きる。これが、己の人生のテーマということで」

これ、と久しぶりに着用しているメタリカTシャツの胸元を指でつまみ上げながら言った。

「リチャードさんこそ。なんでリチャードなんですか？　苗字は平良《たいら》、で純日本人ですよね」

メタリカが反撃した。

「わんは名前が利一郎なんで、外人さんが言うとさ、なぜかリチャードに聞こえるわけさ。だからもういっそのことリチャードにしたのさ。その方が言いやすいし、覚えやすいっしね」

「確かに」

実理科とメタリカが声を揃えた。

メタリカが腕時計に視線を落とす。午後二時を過ぎた。そろそろ、啓太の乗った空港バスが到着する時間だ。

実理科は胸に手を当てた。息を深く吸い込む。

心臓が肥大したように、ドキドキが指先までに伝わってくる。緊張しているのが自分でもはっきりとわかった。

バスがやってくる方角を見つめる。

やがて、定刻を三分ほど過ぎた頃、リムジンバスが小さく見えた。あのバスに啓太が乗車しているのだと思うと、実理科はやはり居ても立ってもいられない気持ちになる。

昨夜の話を聞いて以降、ずっと心の中で啓太を抱きしめている。

啓太がこれまでに出会った人たちに与えてきた「形にならない何か」は、そんな葛藤《かっとう》の中から生まれたものだったと思うと、実理科はたまらなく心が痛くなった。啓太の些細なひとつひとつの出来事や言葉を思い出し、今度はたまらなく愛おしくなる。

いよいよバスが近づいてきた。光を受けて、反射する暗い窓。この奥に、啓太がいる。心臓が大きく跳ね始め、手にじんわりと汗を感じた。

バスが停車した。フロントドアが、ゆっくりと大袈裟にスライドする。

迎えた半袖シャツの男性が運転手に手を挙げると、車体が少し沈んだ。車両中央下のトランクルームの扉が開けられたと同時に、最初の乗客が降りてきた。

サングラスの、花柄のバッグを抱えた中年女性だった。眩しさに後退《あとずさ》りしながらゆっくりとした足取りでステップを降りた。彼女の連れらしき、同年代の帽子を被った男性客が続く。その後ろからは、中学生くらいの長い髪の少女が出てきた。

続いて、パーカーを着た若い男性。グレーのパーカーというだけで、一瞬啓太かと思ったが、そうではなかった。次に半袖シャツ姿でスラックスを穿《は》いたサラリーマン風の男性。続いてツーリストらしき女性三人組。そしてキャップの下から日に焼けた肌を覗かせた黒髪の女の子が出てきた。

だが、その子を最後に、バスからは誰も降りてこなかった。

「あれ？　輝？」

リチャードが、間の抜けた調子で呟く。「どこいったんね？」とメタリカに聞くが、わかるはずもない。

嘘だ！　嘘だと言って。どうして？

「なんで？」

口からその三文字だけだがこぼれ出た。

頭の中で声にならない叫び声が上がる。嘘でしょう。どうして乗っていないの？

乗る前に事故にあったとか？　いや、乗り遅れた？　宮古島で何かあって、足止めを食らっているとか？

息が、息ができない。

実理科は思い出したように一気に緊張を解いて、息を大きく吐き出した。肩を落とす。突っ立ったまま、首を後ろに倒して天を仰いだ。目を瞑って気持ちを落ちつかせようとする。

このバスには乗っていなかった。

理由はなんであれ、ここにはいないのだ。

期待で膨らみ切った風船が、突然パンと弾けて虚無の塊となった。この気持ちをどこにぶつけていいのかわからない。怒りとも悲しみとも取れない焦燥感が内臓の下から迫《せ》り上がってくる。

また会えない。

涙がじわりと視界を掠め、思わず目の前のメタリカの肩を叩いてしまった。

「いたっ。実理科さん。大丈夫ですて」

メタリカが切なそうな顔で、実理科の肩に優しく手を置いた。

「搭乗する便、変えたんですかね？　だとしたら、公衆電話からでもリチャードさんに連絡あると思うんですけど、電話かかってきてますか？」

メタリカの言葉に、リチャードはペロリと舌を出した。

「携帯電話、うちに置いてきちゃってるなあ」

「ええっ？」

大袈裟にメタリカは驚いた。「そんなことあります？」実理科とお互いに目を合わせた。

実理科は膝を曲げてしゃがみ込む。ああ。しゃがんだと同時に八重子が「はしたないでしょう」と叱る姿が浮かび上がるが、そんなことはもう構わないほどに脱力している。

視線を上げることができない。

「とりあえず、どうしましょうか」

頭上でメタリカの声がした。

「そだね。わんはうち帰って、携帯電話を確認するかな。もし輝が遅れてるんなら、もう迎えは期待せずん、うちに直接やってくるやろうし。そんまま家で待つさ。二人もくる？」

「はい。ありがとうございます」

少し間をおいてメタリカがリチャードにそう答え、「さ、実理科さん」と背中をトントンと慰めるように叩いた。

そうだ。気持ちを切り替えるのだ。今、このタイミングにいなかっただけである。

落ち着け、実理科。

一息ついて立ち上がり、メタリカに礼を言った。


為す術はなく、昨日と同じようにリチャードのトラックに乗車した。変わらずの悪道に揺られたが、体が慣れたのか車酔いはしなかった。

着くと、留守番していた犬のテルに、襲われるような歓迎をうけた。今日は赤いバンダナを巻いている。呼吸も昨夜のように荒れていないことを確認して安心した。

「二件、着信入ってるなあ」

リチャードは着いてすぐ、居間の奥で、電源に挿されたままのスマホを取り上げて言った。

「何時にかかってますか？」

実理科が聞くと、十三時二十分に「公衆電話」と表示された履歴が一回、十三時五十分に知り合いの名前で一件の着信があったようだ。一件目の公衆電話がおそらく啓太だろう。

留守番電話にメッセージが入っていないかと実理科が尋ねると、

「使い方がわからんからな。わかる？」

大きめのスマホを実理科に手渡してきた。自分の持っている機種と違うので、今ひとつ勝手がわからないが、なんとなく留守電のマークを探る。押していくうちに「再生8秒」という画面にあたった。公衆電話からだ。再生の三角マークを押す。

――もしもし、りいおじさん？　もしもーし。

啓太だ。啓太の声だ。

実理科の顔は一気に綻んだ。言葉の後に、ガサガサと雑音が入ってしめて八秒。

確かに聞こえた啓太の声は少し甘めの中低音。耳から入る音の振動に、実理科は一瞬、体が溶けるような感覚に襲われた。すぐに気を取り直してスピーカーにし、再生してリチャードとメタリカに聞かせた。

「やっぱり輝やったんね。申し訳ねーことしたなあ。他にはなんも？」

「録音されているのはこれだけで、すぐに切られています」

「後ろで搭乗のアナウンスが聞こえてたから、明らかに空港ですよね」

メタリカが言った。

「そっか。乗り遅れたのか、もうこっちには寄らんつもりかな」

メタリカと実理科は同じタイミングでため息をついた。

「なんか、がっかりさせちゃったね」

リチャードは台所へ引っ込むと、さんぴん茶のボトルを片手に「喉渇いたしょ」と戻ってきた。

「待つしかないさー」と、のんびりしたリチャードの言葉に、「ですよねー」とメタリカが諦め口調で同意した。

ちゃぶ台の上にある、輪ゴムがかけられた食べかけの袋菓子を開ける。そのそばには、昨日渡した実理科の名刺が置かれたままであった。

「実理科ちゃんの苗字、祭、いうんやったね」

リチャードが言いながら、名刺を手に取った。

「妹がくれた本があってさ。火事で何もかも無くなったから、今じゃそれが妹の形見なんだけど、その本の作者が『祭』さんいうお名前で、珍しい名前だなと思っとったんよ。その先生から呼ばれて妹たちは確かアメリカに行ったんさ。内地にはようある苗字なんかね」

「いえ。祭は割と珍しい名前だと思います」

実理科は目を見張った。心臓がトクンと跳ねる。

「リチャードさん、その本って今、ありますか?」

「ちっと待ってて」

リチャードはそう言って腰を上げると、襖《ふすま》の向こうへと消えた。

実理科さん？　とメタリカが横から顔を覗き込んだ。

「ひょっとして、実理科さんのお父さんが書かれた本ですか？」

実理科はメタリカの顔を見返すと、「多分……」と言って下を向いた。

「そこに繋がりがあるとすると、母と啓太の繋がりもわかる気がします」

リチャードが一冊の本を手に戻ってきた。表紙には、

『祈りと言霊の正体』〜量子が語る過去と未来　　　著者／祭　秀之

「これだよ。実理科ちゃんのお父さん？　本当ね？」

メタリカの話が聞こえたようで、リチャードが驚いて言った。

実理科は黙って頷いた。さっきリチャードは、「この先生から呼ばれて妹たちはアメリカに――」と言った。

ということは、自分もいたはずの、カリフォルニアに幼き日の啓太が来たというのだろうか。

隣にいたメタリカも驚きを隠せないでいる。

「色々驚かされるな。それで、お母さんは今回残念なことだったけども、お父さんは今も書いてるわけ？」

「父は、残念ながら十年前に交通事故で亡くなりました」

「そうね。それは申し訳ないこと聞いてしもたね」

リチャードは眉根を寄せた。

実理科は首を横に振った。

「父は物理学を教えていた人でした。元は量子力学の研究者で、私が小さい頃はカリフォルニアの研究機関で働いていました。その後、帰国してからも、二、三の大学で教える職についていて本を出したりしていたので、この本もその一冊です」

実理科は本を手に取った。在りし日の、父の姿が脳裏に蘇る。

「カリフォルニアでは、『ノエティックサイエンス』。自然科学とか超常現象、つまり超能力を研究していました」

頭が少し痺れる。

「だから、これ」

実理科は、自分の財布の中から、折り畳まれたヨレヨレの紙を取り出して、ちゃぶ台の上に置いた。

〈フラワー・チャイルド　キャン・テル　沖縄県宮古島市太平×××番地　0980-79-XXXX〉

「何？　これは妹の古い住所やあらん。なんで実理科ちゃん、こんなの持っとるの？　懐かしい住所やね。ここに店があったんさ」

「今日、輝くんに無事に会えたら、このことを聞いてみようと思っていました。このメモは、母の遺品から見つかりましたが、筆跡は父のもので」

「ほんなら実理科さんのお父さんは、ずっと鈴木くんを研究してた、ってこと？」

メタリカが言った。

実理科はメタリカとリチャードの顔をそれぞれに見て、頷いた。

「不思議なご縁やね。そう思うとさ、実理科ちゃんは輝と近所の公園で偶然会ったていうたけど、偶然やあらんね。きっと輝が実理科ちゃんに会いに行ったんと違うかな。お母さんのこと知って心配して」

実理科は目を逸らして考えた。

啓太が八重子と繫がっていたというのであれば、家の住所を知っていてもおかしくないし、その気になれば実理科の行動を把握するのも可能かもしれない。

そもそも、啓太がどうして私の前に現れて、何も言わなかったのだろう。両親のことを知っていたのに。

「鈴木くんは、ご両親が亡くなった後、ここで暮らしてたんですか？」

メタリカが訊いた。

「いや。妹夫婦が亡くなった後、輝は鈴さんとこで成人までの間、暮らしてたんよ」

「今は台北に住んでいるという、おばさんですね」

メタリカが言った。

「そう。輝は鈴さんが陳《チエン》さんて台湾の人と再婚するのをきっかけに、宮古から出たんよ。わんはずっとこの名護におるから、輝のとこに、実理科ちゃんのお父さんが来てたのかどうかはわからんのやけど、このメモを見る限り、そうなんだろうね」

「父が生前、研究で沖縄を訪れていたことは知っています。母が同行していたことも、まあありました。だから、父が輝くんを研究していたのであれば、母と輝くんが顔見知りだったことも理解できます」

実理科がそう言った後、突然スマホの着信音が響いた。さっき実理科が卓上に置いたリチャードのものだ。覗き込むと「結城大地」の名前が光っている。

「結城大地さんて、鈴木くんの結婚式に来てはった、仲のいいお友達ですよね」

メタリカが言った。

「だったら、ひょっとして鈴木くんからと違いますか？」

「もしもーし」

リチャードが応答した。

実理科とメタリカはリチャードの体を抱きかかえるように、スマホにグッと顔を近づけた。耳をそばだてる。

「あんや。輝！　待っとったんよ。ああ、そう。大地んとこで髪切ってるの。今日の便で直接、台北に行くんね。うんうん。鈴さんとこでしょ。ひかりちゃん、もうすぐ生まれるやもんね。

わかった――。ん？　……ああ。うん。何を急にそんな寂しいこと言うち。当たりめーやさ。うん。うん。それやか輝、実理科ちゃんやメタリカさんが輝を訪ねて来てるんさ。それでメタリカさん、新聞社のコンクールさ、受賞したらしいよ」

リチャードが実理科とメタリカに、至近距離で目を合わせる。

実理科は「すいません」と小声で言うと、スマホをひったくり、スピーカーのマークを押した。

――そっか。おめでとう。

啓太の声が、スマホのスピーカーから響いた。

心臓が跳ねる。声の響きだけで涙が出そうになった。すぐそこにいるような近さを感じる。

啓太、啓太、啓太！　目が潤む。

――りいおじさん、そら賑やかになってええでしょ。

「ああ。そうさ、楽しいさ。昨日もお前ん土産でくれた酒、一緒にたくさん飲んださ。それで輝、本当にいつ帰ってくるつもりなんさ」

――今は……、ちょっとわからんな。でも、実理科ちゃんもメタリカもみんな元気そうでよかった。

「啓太！」「鈴木くん！」

と、実理科とメタリカは思い余って声を上げた。

――ありがとう。二人とも。あ。これ、バッテリーがもうなくて切れるかも知れない。色々ありがとう。みんなによろし――

　メタリカと実理科は言葉の後半で「鈴木くん！」「啓太〜」「かなさんど〜」「メールしたんだよ」と、慌てて声を張り上げたが遅かった。
　ツ、ツ、ツー、と、無情な音と一緒に、液晶は瞬間的に待ち受け画面になった。
　笑っているようなゴールデンレトリーバーのアップ。テルの写真に変わった。

　待ちに待って、やっと聞いた啓太との会話は、馬鹿みたいにあっけなく終わった。

　三人は、覗き込んでいたスマホの画面から顔を離した。実理科とメタリカは、ようやく聞いた肉声に、安堵感と興奮が広がっていた。笑顔が溢れた。

　かたや、画面を見つめながら、リチャードは浮かない表情を浮かべていた。

「輝、仰々しい挨拶しはじめてさ。なんなのかな」

「仰々しい？」

　実理科が聞いた。

「りいおじさんには本当に世話んなった、飲みすぎんといつまでも元気でね、とか。まるで今生の別れみたいな言い草でさ」

　実理科とメタリカは顔を見合わせる。

「こん前、ここで一緒に飲んだ時、ちょっと変なこと言ってたんよな。『運命の日がもうすぐかもしれん』とか。だいぶ酒が進んだ時間やったし、宝くじの話とかしてた時だから、そんなに気にしてなかったけど」

また、その言葉だ……。

実理科は目を伏せた。「運命」という言葉の意味を咀嚼する。

――人間の意思に関係なく、天が定める超越的な力。それによってやってくる幸福と不幸の巡り合わせ。

結局、八重子の時は「死」を意味していた。啓太が八重子に知らせたのはそれなのだろうか。

運命という言葉を、多くの人は深刻な意味に捉えては使わないだろう。〝運命の人と出会った〟とか、ちょっとした幸運や何度も起きる出来事を指して、〝運命だ〟と話すかもしれない。

だが、啓太のいうそれは大きく意味を持っていると、今の実理科は思う。

――運命の輪はいつも、気まぐれに廻るから。

啓太はダリの『運命の輪』を見た時にそう呟いた。

その考えは、父が話していた、量子の世界にあるパラレルワールドという多世界解釈と似ている気がした。

6

バスの発着所、ガジュマルの木の下でリチャードと別れた。

「大地くんによろしくね。本当に台北に行くの？　『運命の日』は、ちょっと心配だけど、やっぱり戯言《ざれごと》だよ。行く先もわかったことだし、これでもう行方不明者じゃないでしょ」

赤いピックアップトラックの、窓の隙間から舌を出したテルが愛らしい顔を覗かせた。

「鈴さんの連絡先は後で送るよ。次は輝と一緒にうちに遊びにきてさ」

バスの中から、手を振った。

今日の那覇から台北への最終直行便は今からでは間に合わない。台北へ向かうとしても、早くて明日の便だ。

メタリカはパスポートが手元になく、一旦大阪に戻り、そこから向かうという。

リチャードに何度も確かめられたが、メタリカも実理科も台北まで啓太を追いかけていくことに、何の疑いも抱かなかった。

さっき聞いた啓太の声が、まだまだ自分たちを弾ませている。届きそうで届かない、この状況に興奮している。それに実理科は今、啓太を追いかけて捕まえないと、もう二度と会えなくなるような気がした。

メタリカと話し合い、今夜は結城大地に会いに行くことにした。自分たちが那覇に着く頃には、啓太はいない訳だが、台北での行動予定を彼に話しているかもしれない。少しでも手掛かりを摑んでおきたいという一心だ。

那覇のバスターミナルに着いた。夜七時に差し掛かろうとしていた。グレーがかった青空の下からは、夕陽がきれいなドレープで光っていた。

「次を曲がって、白いビルが見えるはずなんやけどな」

国際通りから一つ入ったところにあるという、美容室に向かう。スマホ片手に周辺を見回すメタリカの後ろで、実理科の心はザワついていた。ついさっきまで啓太がこの辺りにいたのだ。この、生暖かい微風は啓太の頬にも当たったのだろう。

「あった！」

メタリカが叫んだ。「ここやな」と指差した先には、『BRIDGE《ブリッジ》』と、ライトが灯った店の看板が出ている。

ビルは古く、道路に面した一階は地上から半地下に続く駐車場の入り口となっている。脇にある外階段を上がった場所が、店の入り口のようだ。

メタリカが先に立ち、擦りガラスの自動ドアを踏んだ。

気持ちいい、冷えた空気と一緒にハーブのような優しい香りが鼻をついた。

すぐに髪半分がピンクの女性スタッフに「いらっしゃいませ」と迎えられた。入り口はドアに対して、斜めに立てられたパーテーションで仕切られており、店の奥は見ることが叶わなかった。メタリカが、結城大地さんに会いにきたのだと告げると、彼女は一旦パーテーション向こうへと消えたが、すぐに戻ってきた。

「大地さんが、この上の『うむさるカフェ』で、冷たいものでも飲んで待っていてもらえますかとの伝言です。あと少しで、今のお客さんも終わると思います」

と、人差し指を上階に向けながら言った。

実理科とメタリカは、礼を言って店を出ると、エレベーターで最上階へと向かった。そこからは白木の案内板に従って、階段を上がる。両脇にシーサーが佇む扉を抜けると、ウッドデッキが敷き詰められた、広いリビングのような場所に出た。空は明るい夜の色になっており、足元から放たれる照明がより気分を緩め、居心地のいい空間を作っている。

手前にコーナーカウンター、ソファのテーブル席が四つ、その向こうにはガーデンパラソルのテーブル席が見える。至る所に貝やハイビスカスをモチーフにした小物があり、南国の雰囲気満載だ。

スタッフは、ヒッコリーストライプの腰エプロンに、揃いのキャスケット帽を被っている。沖縄というよりは、アメリカンな様相である。「めんそーれ」の声と共に案内されたのは、奥のガーデンパラソルの席だった。

籐《とう》テーブルのガラス板の裏には、グラス大の細かい水滴跡が残っている。ついさっきまで客がいたのだろう。場所は分かりにくいのに、人気店なのだなと思った。

オリオンビールのグラスを注文して、ソファにどっかりと腰を下ろした。

メタリカはさっきから、スマホをやけに操作している。大阪に残してきた仕事なのだろうか。実理科もほんのり、この旅路が終わった後の、東京でのこれからを想像する。また、外されたことが頭によぎった。少し考えて頭を振る。考えたところで、なるようにしかならないと思った。

急に自分が鉄人になれるわけでもない。配られたカードで勝負するしかないし、八重子の言葉に従うならば、手持ちのカードで相性の良いものを探すことが賢明だろう。

テーブルのキャンドルに火が灯される。

メタリカが運ばれてきたグラスを受け取りながら言った。

「結局、実理科さんのお母さんは、鈴木くんから運命の日、つまり自分の死ぬかもしれない日を知らされた、ってことなんですかね」

ビールを一口含んだ後にメタリカは言った。

「わからないです」

実理科は言った。

「でも、もしそうだとしたら、あんなに平常心でいられるかな、と思って。母は亡くなる直前だって、詩織ちゃんと編集者さんと食事に出かけていましたし」

「確かに」

「でも、脇田さんの話では、啓太は母に『何か』を伝えています。渡していたという紙に何が書かれていたのか……」

「そこですよ。鈴木くんは、八重子さんに渡したというその紙に、Xデーを書いていたのか。書かれたとすれば、それをどうして本人に伝える必要があったのか。仮にそれを鈴木くんが予知したとしても、わざわざ本人に言うことないと思うんですよね」

だから俺、こう思うんですけど、と続けた。

「まずは、八重子さんが知りたがっていたということ」

「Xデーを？」

「そう。もし、鈴木くんの予知能力を信じていたとすれば、自分のXデーがわかれば、教えて欲しいと考えた。だから、八重子さんは前々から鈴木くんに、それをお願いしていた」

「どうして？　そんなこと、怖いから知りたくない、と思わないのかな」

「守られてる人は、そう思うかもしれませんね。でもね、守っている人は知りたいと思うんです」

「守っている人……？」

「ええ。例えば、俺もそうです。もし、俺のXデーがわかるのであれば知りたい。もし自分が死ぬようなことになったら、残った弟のことが心配です。色々整理したり、遺したり、やってあげなあかんことがいっぱいありますから。だから八重子さんは、実理科さんのことを心配していたんじゃないですかね。自分に何かあったら、実理科さんは一人な訳でしょう」

（ママ……）

実理科は目を閉じた。唇を噛む。

きっと、心配しかさせていなかった。

メタリカはビールをもう一口含んだあと、グラスを置いて人差し指を振った。

「その上で、鈴木くんはXデーを八重子さんに、実は明確には伝えてないいんじゃないかと」

「どういう意味ですか？」

「ひょっとしたら今年、くらいは伝えていたかもしれません。でも、日付までは明確にしていなかった。だから、八重子さんは金沢で、自分が亡くなることまではわからなかった」

実理科はじっとメタリカを見つめた。

「鈴木くんがどこまで予知したのかは不明ですけど、仮にそれがわかったとして、八重子さんに正直に伝えるでしょうか？　それがまず疑問です。もう一つはリチャードさんのいう通り、鈴木くんがいつも正確に予知できるわけではない。俺の弟の時は、電話を通して感じたのかもしれへんけど、八重子さんのケースはふんわり感じただけかもしれへんし」

「だったら、何も伝えなくてもよかったんじゃ……」

「教えて欲しいとお願いされていたから、伝えることだけは試みた。わからないですよ。二人の間でどういう決め事があったのかは。でも、しかるべき時が来たら、そっと教えて欲しいと八重子さんが鈴木くんにお願いしていた。その上で鈴木くんは、大阪で八重子さんに会った時、八重子さんの運命、つまり予知が訪れた」

それでですよ、とメタリカは少し前のめりになった。

「そこで鈴木くんは、八重子さんに運命を知らせる、というよりは、そのことで運命が変わるかもしれない、と考えたからあえて約束を守って伝えた」

「啓太が自分の予知が変わることを願って、伝えたと」

「はい。だって、完璧に未来を予知することは不可能です。予知、という行為を八重子さんにした時点で、きっと未来は違う扉を開くんですから」

「パラレルワールドみたいに――？」

「そうです。だから、わざわざ知らせなくていいことを知らせたんやないかと」

実理科は、少し酔いの回った頭の中でメタリカの推測を咀嚼する。

確かに啓太が渡したという、メモに運命の年、あるいは月が書かれていた。そう考えれば、八重子のすっきりしないここ数ヶ月の行動も、エンディングノートのことも腑《ふ》に落ちる。

「それに、今の鈴木くんの、現在の予知能力については本人以外、誰もわからないですよね。まして、鈴木くんはその力を隠したがっているんですから」

予知能力――。

実際、実理科は父が遺した本を、小さい頃から何度となく読んでいる。だが、父もその不思議な力と量子力学との紐付《ひもづ》けを、確固たる数値で表せているわけではない。おぼろげに絡み合いを見つけているものの、科学や物理学が証明するように、実験を繰り返して得られた検証結果で超能力を肯定することはできていない。

父が啓太を研究していたのだろうが、祭秀之が上梓した本にその記載、及びそれらしい人物の掲載はない。あるいは論文などに残していた可能性もあるのかもしれない。だがそれも不明だ。父が亡くなったあと、実理科が気づいた時には、母と当時在籍していたK大学研究室の准教授やアシスタントたちによって、父の書斎はすっかり片付けられていた。

メタリカがビールに口をつけ、喉を鳴らした。

「でもやっぱり『運命』っていうなら、死ぬ日やなくて、岐路の日、とは思いたいけどな。実理科さん、前にダリの『運命の輪』の話してたでしょ。それです、それ。さっき、チャットGP

Tに、運命ってなんやねん、と聞いてみたんですけど、『人の意思を超えて身の上に起こる禍《か》福《ふく》』と説明されて。ちなみにその『禍福』てなんやねん、て聞いたら、『災いと幸せの両方のこと』って」

だからどっちに転ぶかはわからへんのやけど、メタリカは言った。

「意思を超えて身の上に起こること、か」

実理科は繰り返した。

「禍福ですよ。禍福」

メタリカが繰り返した。

「何回も言わなくてわかります」

実理科は眉根を寄せながら、笑顔を作ろうとする。

「福かもしれへんということです。災いで死ぬ日じゃない」

メタリカは顔を緩め、グラスに残ったビールを一気に喉に流し込んだ。

——運命の輪はいつも、気まぐれに廻るから。

啓太。

「会いたいな」と呟く。テーブルの上で、キャンドルの灯が揺れた。

「啓太に会いたい」

そう口に出すと、たまらなく恋しくなった。

目の奥が痺れたようになって涙が出そうになる。

「俺も鈴木くんに会いたい」

実理科の言葉が伝染して、メタリカも目を潤ませる。「かなさんどー」と小さく言った。

空からはすっかり陽が姿を消し、ネオン溢れる明るい夜が始まっている。

メタリカの背後に背の高い男性が近づいてきたのが見えた。

実理科は立ち上がった。メタリカも腰を上げて振り返った。長髪、薄い水色のサングラスをかけている。

その人は「こんばんは」と言いながらサングラスを外し、目を大きく開いて実理科をじっと見つめた。

懐かしそう目を細め「実理科ちゃん」と、言った。実理科はその視線を受けた途端、動くことができなくなった。

——ハロー、ハロー。

頭の奥がじんわりと痺れたようになり、少し気が遠くなる。

どこかでこの視線を受けたことがある。いつだろう……。頭が痛い。

視界がぐらりと揺れた。立っている足に力が入らなくなる。崩れていくような感覚が、頭のてっぺんから襲ってくる。首がガクンと後ろに倒れた。夜空に広がる小さい光の粒が、まとめて大きく揺れたように感じた。

マグノリアの花びら、濡れた芝生、もやの中に浮かぶ赤い吊り橋……。

輝と大地。

そうだ。そうだった。

忘れ去られた暗い記憶に光が弾け飛んだ。場面が次々に浮かび上がる。

走っていた車、クラクション、光っては消える車のライト。闇の手前に停まった車。窓ガラスを叩く激しい音。三人の屈強な男たち。殴られて昏倒《こんとう》した父、八重子の悲鳴、石になったように動けなくなった幼い自分……。

喉の奥が塞がれたように、呼吸ができない。唇の震えが止まらず、言葉を出そうとするが口がわずかに開くだけだ。

呼び覚まされた恐怖の記憶。視界が涙で塞がれる。手の先に熱を持っているのを感じた。

実理科さん、実理科さんと呼びかける声がする。「大丈夫ですか」というその声色は、ここにいるはずのない、詩織のようだ。

実理科はそのまま、ソファへと倒れ込んだ。

7

「ほんまにびっくりしたわ」

メタリカの言葉が、クリアに頭の中に響いた。瞼に微かな光を感じた。目の上にのせられた冷たいおしぼりが取り除かれた。

実理科はゆっくりと目を開いた。

気のせいではなく、目の前に詩織がいた。「なんで――」ここにいるの？　と口にしたいが、最後まで言葉がうまく出てこなかった。

「私も啓太さんと会いたいと思って。仕事も落ち着いたし、午後に那覇に来たんです。実理科さんスマホずっと繋がらないから、メタリカさんと連絡取りあって」

大丈夫ですかと、冷たい手を額に乗せる。

詩織の向こうには、心配顔で覗き込むメタリカと、明るい髪色のサングラス男性がいた。結城大地だ。

「ごめんなさい。俺が突然現れたからびっくりさせてしまったかも」

「いえ」と、実理科は体を起こそうとした。「ゆっくりです、ゆっくり」と詩織が横で体を支えてくれる。

「しゃーけどよかった。夜やのに熱中症かと思って。もう少し気がつかんかったら救急車呼ぶとこやった」

空腹やのにビール飲んだのがあかんかったかな、とメタリカが言った。

「こっちこそごめんなさい」

声を絞り出しながら、実理科は改めて大地を見た。

向かい側の椅子に、メタリカと並んで座っている大地の口元は微かな笑みを湛《たた》えているが、サングラス越しの目は射るように実理科を見ているのがわかる。

「実理科ちゃん、やっと面と向かって会えた」

大地は微笑んだ。

「実理科さんが休んでいる間に、私たち、大地さんからお話を少し伺いました。大地さんと啓太さんあらためまして、輝さん、実理科さんの三人が昔、カリフォルニアで一緒だったことがあると」

カリフォルニア……。ゴールデンゲートブリッジ。実理科は蘇った記憶の断片を、恐る恐る手繰り寄せる。

「小さい頃、カリフォルニアで一緒にテレビ番組に出演したんだよ」

「テレビ番組？」

メタリカが横で驚いた声を上げると、大地は頷いた。

「フラワー・チャイルドと呼ばれてね」

大地が手元のスマホ画面を差し出す。

そこには、あどけない顔で笑う幼い実理科、両脇には頬をくっつけて笑っている、面影が残る幼い輝と大地がいた。そして差し出されたスクラップ記事のデータ。

頭痛は消えていた。刺すような耳鳴りの中、実理科は封印された思い出の扉を開けていた。


当時、輝と大地が七歳、実理科が五歳だった。

アメリカ、カリフォルニア州にある『ノエティックサイエンス研究所』に研究員として所属していた実理科の父、秀之は、日本で話題になっていた二人の子供を研究所に招聘《しょうへい》した。

一人は沖縄県宮古島市に住む、喜屋武輝で、四歳の時にあった幼稚園での出来事が、地方新聞と週刊誌に取り上げられたのをきっかけに話題になり、翌年には全国ネットのテレビ番組に出演。その翌年には、植物園でのエピソードから、『フラワー・チャイルド』と呼ばれて有名になった。

時を同じくして、世間では第二の輝くんを探せとばかり、沖縄や全国で超能力キッズの発掘が盛んになっていた。そこで、第二のフラワー・チャイルドとされたのが、結城大地だった。彼は元々、小さい頃から人懐っこく、会う大人、会う大人をすぐに虜《とりこ》にしていた。

両親も最初は「これは人ったらしに育つぞ」などとふざけていたが、彼はそれをはるかに超えるシンパシーを持っていた。

幼稚園で先生が大地に何かを話そうとすると、目があっただけで、「わかった」と言い、先回りして動いた。他の子供に声をかけようと部屋に入ると、「先生が呼んでいるよ」と、先にその子に声をかけた。

ある日、大地の祖父母が帰った後に、祖母が飲み干した湯呑み茶碗を手にして、「おばあちゃん、頭が痛かったんだね」と呟いた。両親の営む美容室のお客さんに「それは人の思念がわかるとかいう超能力を持っているんじゃないの」と言われて噂になった。

スクラップ記事のデータには、その二人の子供が二〇〇一年の夏、カリフォルニア州北部、ペタルマの研究所に出向き、一緒に現地KCBSテレビに出演を果たしたとあった。

「この研究所というのが、私が四歳から七年間を過ごしたノエティックサイエンス研究所です。

啓太も大地さんも、そこに来たんですよね」

「ああ。最初着いた時、広くて俺も輝もびっくりしたんだ。研究所っていうより、広いゴルフ場みたいだったし」

広大な敷地内には、研究者たちが住む屋敷が何棟かあり、その一つに祭一家は住んでいた。ゲスト用の屋敷もあったので、きっと啓太や大地一家もそこに滞在したのだろう。

敷地内は森と思しき緑で囲まれており、小さな畑や、牧場もあった。がっちりとした木の門扉。そこに啓太と大地がやってきて——。

思い出そうとすると、また頭の奥が疼いた。その後、エレメンタリースクールの六歳ごろからの記憶はあるのに、なぜか啓太と大地がやってきた、五、六歳の記憶が薄いのだ。

「実理科ちゃん、無理に思い出さなくてもいいんだ」

詩織が心配そうに実理科の腕をさすった。

さっき見せられた、頰を寄せて笑い合う三人の写真が頭の中で動き出す気がした。

通訳と遊び相手も兼ねてと、実理科は彼らの滞在時、行動をずっと共にした。

さまざまなテストは繰り返しも多く退屈だったが、同じ歳頃の三人はアメリカでの夏休みを大いにはしゃぎ、楽しんだ。そしてそのあとだ。実理科に異変が起きた。

「少し記憶が蘇ったみたいだね。大丈夫かな?」

実理科は静かに頷いた。自分の手を見つめる。

そうだ。あの時、そこから表面化したのだ。

「多分、僕らの影響を受けて共鳴しあったのだと思います」

目を閉じて、実理科は再び記憶を辿った。


花が咲く。

研究所の庭にあったマグノリアの木。バルコニーで実理科が触れると、花が膨らんで開いた。それを見ていた輝と大地は、歓喜の声をあげた。最初は三人だけの秘密で、数日間は死んだ虫を生き返らせたり、枯れた植物で試したりした。

だがそれは、すぐに大人たちの知るところとなり、実理科にヒーラー（治癒力）の力があるとされた。小さな頃から人より敏感だった感性や頭痛は、その素養かもしれなかった。

それ以降、研究の対象ではなかった実理科も、さまざまなテストを受けることになった。

「なんですか。実理科さんのヒーラーの能力って」

「病気の人を治したり、足の不自由な人を歩かせたりできるってこと？」

詩織とメタリカが興奮気味に聞く。

実理科は自分の手を見つめた。首を振る。

だが、熱く感じた指先に、微かな絵が再び浮かび上がってくる。手の中で白く膨らんだ花びら、指先で微かに蠢《うごめ》きだす、カナブンのギザギザの足たち――。

輝たちが滞在して一週間後の午後、アメリカで人気のテレビ番組『サイキック・ナイトショウ』に出演が決まった。

当初は輝と大地の二人が出演予定だったが、事情を聞いた関係者の強い要望で実理科も加わり、三人での出演となった。

「それで、三家族に世話役の人を入れて十名ほどで、ペタルマからロサンジェルスのスタジオに行った」

人気司会者のジェイムス・ヨー・ジュニアがＭＣを務めるその番組は、二十二時からの生番組だったが、子供たちは法律で午後四時半以降の就労が許されていないので、午後の早い時間に収録となったという。

「子供たちを、珍しい見せ物のようにはしない約束での、出演承諾だからと、秀之先生は説明してくれたらしい。過去に散々あった、懐疑論者を相手にテストをしたり、能力をまるで披露するようなやり方で試したりする方法は絶対にさせない、だから安心してくださいって。番組は、アジア系アメリカンで元ダンサーの、ジェイムス・ヨー・ジュニアって人がＭＣをしている人気番組だったんだ」

軽快に踊りを交えたりしながら子供たちを紹介した。主には、あらかじめ用意されていた紹介ＶＴＲを一緒に見る、という形で番組は進行し、質問や回答はすべて実理科が通訳をしたという。

「その通訳ぶりが、めちゃくちゃ愛らしくてみんなメロメロだった、って」

大地は目を細め、これでもかという笑顔になった。

前に座っている詩織も、大地の笑顔につられて微笑む。

「その後、収録が終わって研究所に戻る途中、ゴールデンゲートブリッジの展望台レストランで、皆で夕食をとったんだ。夕食の後、大人たちの話が終わらないので、待つのに飽きた僕たちは、敷地内にあった庭のベンチで遊んでいてさ。その時に見た、夜に光る橋が本当にきれいだったんだ」

「光る橋……」

想像した瞬間、閃光《せんこう》が降りてきたように、その光景がわっと広がった。湿った空気、白っぽいもやの中に浮かぶ、オレンジがかった煌めく赤い橋。

全身に、軽い電気が走ったように肌がざわめいた。瞳が大きく開く。

「覚えています。大地さん、思い出した」

実理科は、大地の顔を見て言った。大地も大きく頷き、実理科に笑顔を返す。

だが、その直後、実理科は突然顔を曇らせた。

今度は全身が粟立《あわだ》つように震えてきた。その様子が変わる一部始終を見ていた大地は、はっと思い出したように言った。

「実理科ちゃん、ごめん……」

8

出来事は、レストランからの帰路で起こった。

車三台に分かれて乗車していた。世話人と研究所の人が運転する二台に、大地と輝の家族が乗車し、祭家は八重子が運転していた。

後部座席に座っていた実理科は、車が走り出してすぐに眠り始めてしまった。

しばらく走ったあと、八重子が発した「ああ」という声で目覚めると、いつの間にかかけられていたブランケットの中で、実理科は甘くさい煙の匂いを感じた。

秀之と八重子の「オイルが……」「冷却水が……」と話す言葉の端々が、ぼんやりとした意識の向こうで聞こえていた。

やがて車はぐらりと二回ほど大きく揺れたあと、路肩に停車した。ブランケットの中から目だけを窓に向けると、行き交う車の光もちらつかない、暗い空に白い煙が薄く見えた。

車の調子なんて、実理科にわかるわけもない。八重子と秀之が車外へ出たのを認めながら、横たえたからだをそのままに、車中の暗闇で再び眠りに落ちようとしていた時だった。

外で車の停車する音が聞こえた。あとに続く、聞いたことのない男の声と両親の和やかな会話。大人たちが問題はまた解決してくれるのだろうと、呑気《のんき》に構えていた。それよりも、レストランで土産にもらったマカロンをいつ食べようかと、そのことの方が気がかりだった。

だが、実理科が目を閉じかけたその時、ボンネットの上に、バンっと激しい音を立てて何かが打ち付けられた。車体が激しく揺れる。何が起こったか、一瞬わからなかった。ふざけて車を揺らしているようなものではないことだけが確かだった。

フロントガラスの向こう側に黒髪の人の頭が見える。秀之だ。すぐに、またも打ち付ける激しい音。顔は見えないが黒いニット帽を被り、夜なのに黒いサングラスをかけた男の白い歯だけが闇に見えた。

息が詰まり、体が硬直した。視線を少しずらすと、別の男が八重子の頭を後ろから摑んでいた。のけぞった姿勢に反発しながら八重子は車の中に視線を走らせ、首をわずかに振った。一瞬実理科と目を合わすと人差し指を自分の唇に当てた。

——いい、実理科。何か異変が起きたら、とにかく逃げること。隠れること。

誘拐を一番警戒していた両親から、いつも聞かされていたことだった。

異変なんてなんのことかわからなかった。でも、今が、今がその異変なのだと悟った。

実理科はブランケットを強く引くと、自分の身を再び後部座席に横たえた。

怖い。怖い。呼吸ができない。歯がガクガクと震えた音を立て、喉が締め付けられる。固く瞑った目に涙が滲む。また、車が揺れる。打ち付ける音。う、とうめくような声。くぐもった英語と、気味の悪い高笑い。その内に、耳に入ってくる音が遠くなった。

実理科の意識は音の消失とともに、消えていった。


気がつくと、実理科は大きく肩で息をしていた。

一瞬にして、淡い幸せな時間と、地獄のような体験を脳に記憶で蘇らせ、何が自分に起きたかもわからないほどに消耗していた。

隣に座った詩織が、肩を抱いて腕を包み込むように、さすり続けている。焦点の合わない視界の外側に、大地やメタリカがこちらを覗き込んでいるのを感じた。

実理科は目を閉じ、気持ちを落ち着かせた。胸の上に手をあてると、大丈夫だと言う意味で何度か頷いた。

「僕らはね、何が起きたか詳しくは聞いていないんだ」

大地が言った。

「僕も輝も、秀之先生に尋ねたことはなくて……。ただ、そのトラブルの後、実理科ちゃんと八重子さんの具合が悪くなったと親から聞かされた。結局、僕たちは帰国まで会えずじまいで。すなわち、あの夜、レストランの駐車場で手を振って別れたのが、実理科ちゃんと僕たちの別れとなった」

実理科は大地の顔を見つめた。

大地はあえて知らないふりをしている。実理科と八重子、秀之の身にあの時何が起きたのかは、彼の能力ならきっと気づいているはずだろう。

後部座席で、震えて意識を失った夜。体は硬直し、叫びたい気持ちを必死に押し殺していた……。

言い争いの声。鈍い音。ボンネットに叩きつけられた八重子の小さな悲鳴――。やがて聞こえてきたパトカーのサイレンの音……。

帰国後、大地と輝は折に触れ連絡を取り続け、中学に上がる頃には、研究所を辞めて帰国した秀之が沖縄に彼らを訪ねるようになったという。

「父は、輝と大地くんと会っていたんですね」

大地は頷いた。

「秀之先生とは一年か二年に一度は会うことができた。あの頃の実理科ちゃんの記憶が、すっぽりとなくなっていると聞いて驚いたけど、秀之先生に会う度に実理科ちゃんの様子を聞いて満足していた」

隣で詩織が、実理科の腕を宥めるようにさすった。

「僕のその力は、成長するたびにどんどん感じなくなっていった。秀之先生にも言われたけど、研ぎ澄まされた感覚は高度で、この世に生きているうちに、徐々に鈍く、低くなっていくのが普通なんだって。実理科ちゃんの能力もそうだった。だから秀之先生は安心していたよ。でも、輝の持っている力は元々強い。抑えようとしても、閉じようとしても、どうしてもどこからか湧き上がってくるみたいで」

「その『視える』力、って、夢に現れるんですかね？　それとも触れて感じるのかな？」

メタリカが聞いた。

「輝とはあまりそのことを話さないけど、一度だけ聞いたことがある。その感覚はどうも、触れたり見たり、聞こえたりすることによって、輝の脳の中に何かが伝わるみたいだね。その時にすぐに異変を感じることもあれば、その記憶が夜、夢の中で脳の奥から映像となって現れることもあるらしい。でも、触れた何もかも、ということではないから、輝のセンサーが取捨選択しているんだと思う。だから僕が知っている輝はいつもその感覚を〝閉じよう〟としていたんだ。できるだけ」

「閉じるとは、考えないようにするってことですか？」

詩織が聞いた。

「そう。単純に、気持ちを向けない、ってこと。目の前のことに集中していれば、お腹が空いていることや悲しいことを忘れたりするでしょ。簡単に言えばそんなことなんだけど、夢見まではコントロールできないみたいで」

「昨日、リチャードさんから聞いている時も思ったんですけど、ギフテッドではないんですか？」

メタリカの言葉に、大地はしばしば間をあけた。

「確かにそう言われたことはあった。研究所で調べたときも、実際、僕のＩＱは１３０を超えていたし、輝は１５０近かったと思う」

「ギフテッドって？」と、詩織が聞いた。

「突出した知能や才能を持つ人のこと。昔はＩＱの数値ひと括《くく》りで『天才』とされて。神からギフト、つまり贈り物を授けられた人って意味でそう呼ばれていたんだ」

「今は違うんですか？」

「複雑だね。僕は記憶力のおかげで成績は良かったけど、勉強にあまり興味が持てなかったから進学もしなかった。会っていない時に、友達の髪の毛が何センチ伸びたかの方が、よっぽど面白かったから」

言った後、大地が実理科を見た。

「アメリカから帰国して、輝には本当に色々あった。高校の時に、あの悪魔のような奴が宮古に移り住んだこともだし、火事でご両親が亡くなったこともそう。その三年後に、今度は秀之先生が事故で――」

輝は秀之を助けられなかったと、随分落ち込んでいたという。

「秀之先生の事故のことを、遠くにいた輝が予知するなんて、不可能なことだったと思う。……けど、つまり、助けたかったんだ。秀之先生を。僕も輝も、秀之先生が大好きだった。八重子さんもね」

実理科は、胸元で手を握った。

「でも輝くんは、その力で俺の弟を救ってくれました」

メタリカが言うと、大地はそっと微笑んだ。

「知っていますよ。メタリカさんのことも」

「鈴木くん、俺のこと話してたんですか」

メタリカは目を大きく開いた。大地は頷いた。

「聞いてあげられるのは、俺しかいなかったし」

実理科は、大地のその言葉を聞いて心の底から安堵した。

同時に、メタリカも「よかった」と小さく呟いた。

リチャードの話を聞いてから、ずっと気になっていたことだ。

啓太は孤独だったに違いないと。周りに笑い合える人はいたとしても、分かり合える友人はいなかったはずだ。名前を変え、能力を封印し、過去を隠して過ごしていたのだから。

でも、啓太には大地がいた。

「俺らには何を話すこともなく、大変な過去や自分の状況を、一人で抱えてたんやと思うと、なんかこう――」

メタリカは眉根を寄せて、唇を結んだ。

「だから、鈴木くんには大地さんがいたんだとわかって、嬉しいです」

メタリカの言葉に、大地は微笑んだ。

「それに僕たちは、ずっと実理科ちゃんを遠くから見守っていたんだ」

怖がらないでねと、小さく言った。

「学校の文化祭にも行ったことがあるよ。誤解しないでね。高二の秋に二人で東京に行った時、秀之先生に連れて行ってもらったんだ。実理科ちゃん、文化祭で人が入り乱れている中、一心不乱に自分のクラスの、ボードの絵を描き直していた。その背中を見ていたら、輝も僕もなんか安心してさ」

言って口元を緩めた。

「僕らは、実理科ちゃんがなくした記憶を取り戻すことは、いいアイデアだとは考えなかった。

忘れたままの方がいいと思ったんだ。それは、秀之先生と八重子さんの考えも同じだった」

大地はそう言って、自分で自分に頷いた。

「車でのアクシデントもそうだけど、実理科ちゃんが目覚めたヒーラーの能力だって、ない方が実理科ちゃんの為だと思ったんだ」

「どうしてですか？　能力があった方が良くないですか？」

詩織が聞いた。

「普通はそう思うよね。でも、そんな力はない方が、きっと人として真っ当に、幸せに生きられる。もし、その特異な能力が自分にあると、実理科ちゃんが知ったのなら、どうかな。その能力を生かして、人の役に立とうとか、考えないかな。目の前に病気で苦しんでいる人がいたら、助けたいと思うよね。それに、そのことを周りが知ったらどうだろう。その力を発揮して欲しいと、実理科ちゃんに群がるんじゃないのかな。幼い時でさえ、力を出した後には熱を出したり、頭痛を訴えたりして身を削っていたんだ。僕らだってそうさ。そういうハイパーな能力と引き換えに、普通と言われる生活が送れないほど、心身は疲弊するんだ」

詩織もメタリカも黙って聞いている。

「だから先生と話して、僕らは姿を見せないことにした。実理科ちゃんが思い出さないように」

大地は静かに口元を引いて優しく実理科を見つめた。

実理科もまた、大地を見つめ返した。

今までの、さまざまなことが腑に落ちる。目頭が熱くなった。

「秀之先生が亡くなった後は、実理科ちゃんの様子は八重子さんが教えてくれた。進路を決めた時、理学部には進まず、一転してデザインを勉強するというのも応援していたよ。バイトで作ったっていう、押し花アートの写真も八重子さんに見せてもらったしね。僕らは遠くからずっと、そっと見ていた。輝と、いつかまた三人で一緒にゴールデンゲートブリッジを見られたらいいね、って言いながら」

呼び覚まされた恐怖の記憶を押さえ込むように、三人の楽しかった出来事が頭の中をトルネードのように旋回している。

「やっぱり、鈴木くんが東京の公園で実理科さんと会うたんは、偶然じゃないんや」

メタリカが言った。

「輝は心配していた。八重子さんのことも実理科ちゃんのことも。でもあいつ、連絡先を基本的に持ってないから、いつも神出鬼没。僕だって輝からの連絡を待つばっかりで、具体的にいつどうしていたのかはわからない。東京で実理科ちゃんに会ったことだって、実は後から聞いたんだよ。ずるいな、って言ったけど」

実理科は下を向いた。詩織が実理科の肩に手をやる。

「今日も急に電話してきた。大して髪も伸びてないの――」

急に大地が黙った。指先で眉間を触る。

「さっきメタリカさん、輝は福岡で日奈子さんの墓参りに行ったって言いましたよね？」

メタリカは「そうです」と頷く。

「宮古にも今日、両親の墓参りしてきた、って言ってたし。その前にも実理科ちゃんに会いに行って……。りいおじさんとこにも行って――」

なんでさっき髪やってる時に気づかなかったんや、と続けた。

「あいつ……、台湾で何かあるのかな。輝の東京からの行動、まるでお別れ行脚みたいに感じる」

「さっきの電話も、リチャードさんが心配してたんです」

メタリカが言った。

「何を話してた？　僕、スマホを貸しただけで、聞いていなかった」

「輝が今生の別れみたいなこと言う、って。この前だって『運命の日がもうすぐかもしれん』て言うてたと」

実理科は動けずにこめかみを触った。

指先から頭の奥がじわっと痺れるのを感じていた。

第五章　台北

――科学者は宗教や神を信じる者を排除しないが、魂や神を信じる者は疑似科学者として忌み嫌う。

1

科学とは、なんだろうかと幼い実理科は考えていた。いや、考えていたのは、科学者とはなんだろうか、ということかもしれない。だって科学はそこにあるものだから。

名を体で表すという言葉があるが、まさに「実る理科」という字を充てがわれた自分は、それこそ宿命づけられたかのように、そのことを考えさせられた。小さな頃から父の書斎に入り浸り、ありとあらゆる本を理解できなくても眺めたり、読み耽《ふけ》っていた。

父、秀之は理論物理学の道に進んだ科学者だったが、実理科がそんなことを考える年齢の時には、アメリカのノエティックサイエンスと呼ばれる、超心理学の研究所にいた。いわゆる『疑似科学』と科学界で揶揄《やゆ》される分野の研究所である。ノーベル賞科学者のブライアン・ジョセフソンに影響されたことも大きい。

ノエティックサイエンスとはいったい何なのかと、秀之に聞いたことがある。

「人間の祈りとか願望が、物質に変化をもたらすことを証明しようとする科学だよ」と言った。

「意識や考えていることに、質量や重力、重さがあるかどうかを調べるんだよ。実理科はどう思う？　お願い事に重さとかエネルギーはあるかな。何か伝わると思う？」

確か、秀之の問いにしばらく考えて、「ある！」と大きな声で答えたはずだ。

当時の幼い実理科にはなんの根拠もなかったが、あるような気がしたのだ。いや、あって欲しいという気持ちがそう言わせたかもしれない。それまでも、サンタクロースや神社の神様に願い事をしたわけなので、ないと困るような気もした。今思うとそれがクオリア、『感じ』だったのかもしれない。

それよりずっと前に秀之が、音は『動』、動きなのだと教えてくれた。

「見えてないけど、今、父さんが話しているこの言葉だって、この空気の間を波になって伝わりながら動いている。その伝わりで、実理科の耳の骨や鼓膜を震わせているから、この言葉が実理科の元に届くんやで」

「信じられない」と、実理科は目を丸くする。

「胸に手を当ててみ」

左手を胸の上に置いた。

「声を出して」

わー、と声を出した途端、左手に確かに振動を感じた。

「動いてるやろ」

実理科は「うん、うん」と目を丸くして答えた。

「話した言葉は、それを言った人も、それを聞いた人も、みんながその動きを受け取ることになるんや。体全部の細胞に『共鳴』する」

だから言葉の使い方には気をつけなきゃいけない。きれいな、温かい言葉を使うんだよ。悪い、汚い言葉遣いは暴力と同じなんだから。

言葉が、自分と相手を震わせる。

脳の深いところで自分自身と相手を響かせるんだ。

「文字もそう？　文字には音がないけど」

「文字には意味があるからな。音も動きもないけど、受け取った人の心に響くから一緒だよ」

「響く、ってことはそれも動き？」

「そう、動きだよ。だから伝わるんだ。だからそうやな、自分が好きだと思う言葉を使ったらいい」

「好きな、言葉」

「そう。心地いい言葉」

「実理科は、好き、って言葉が好きや」

「そうか。お父さんも好きな言葉やな。好き、のエネルギーは温かそうだし」と秀之が返した。

「じゃあ、好き、という言葉は実理科の人生を変えるかもしれないね」

まだ幼かった実理科は「人生を変える」という言葉の意味だけはわかった。どこか心が弾んだ。

心に響く、とはこのことだと思った。

「今ね、実理科の体に共鳴したと思う。人生を変える、ってきっと好きな言葉や」

手を胸に当てる。

「実理科はまだ、変える前に作らなあかんけどな」

秀之が笑った。

「好きのエネルギーが計測できたら、うるさく言われんと、超能力も科学の仲間に入れてもらえるんやけどなあ」と呑気な調子で続ける。

「この先、実理科がずーっと長生きしたら、量子力学や超弦理論がその答えを解明して、計測してくれるかも。ガリレオだって地動説を唱えて有罪判決を受けたけど、ニュートンやケプラーが頑張ったから百年くらい後に地動説が認められて、三百五十年後には無罪になったからな」

「三百五十年もかかってるやん」

「せやな」

「実理科、後、三百五十年も生きないと思う」

大きい笑い声が響いた。秀之は、実理科の頭をくしゃりと撫でた。

秀之は、広大な研究所敷地内の、森のような入り口に小さな祠《ほこら》を作っていた。日本から持ち込んで組み立てたもので、そこに大阪の実家近くにある神社で拾った石を置いて崇《あが》めた。

「神様はそこにいるの？」と実理科が聞くと、秀之は「多分、来てるんじゃないかな」と言った。

「ホーキングは宇宙誕生に神は必要ない、って言うてたけど」

実理科は読んだばかりの本で、神の存在を否定している時だった。

「そうやな。ホーキングは哲学的見地から神を捉えることはしなかったからな。でも、アインシュタインは神を自然の調和や法則として敬ってた。伝統的な宗教は信じていなかったけど、科学と神はお互いに補完し合うものだと言った。『宗教なき科学は不具であり、科学なき宗教は盲目である』ってね」

黙った実理科に秀之は続けた。

「実理科はどう考える？」

結局、その時の自分がどう答えたか、その祠がその後、どうなったかは覚えていない。

秀之は帰国後、母校であるO大学研究室で講義を請け負い、付き合いが続いていた教授の推薦も取り付け、いくつかの大学や大学院の客員教授職に就いた。大学側が、ギリギリ許容するような範囲内で、何冊かの超心理学と量子力学、超常現象を扱った本を執筆した。

「那覇からだと、大阪へ行くより台北に行く方が早いんですよね」

着陸のアナウンスが聞こえると、隣で詩織が言った。機窓からは、澄み渡った空の下、揺れるように弧を描く海岸線が見える。陸に向かって明度を上げていく海の青に、たなびく白い雲のコントラストが、実理科と詩織の目に眩しく飛び込んできた。

「きれいね」

実理科は思わず言った。

「イラ・フォルモサ。美しい島っていうらしいですよ」

海から眺めると、もっときれいだそうですと、続けた。

十六世紀の大航海時代、海洋制覇を狙ってやってきたポルトガル人が海から台湾を眺めてそう言ったそうだ。

「だから欧米では、今でも台湾のことを別名、フォルモサと呼んでるとか。ちなみに『美麗《びれい》島《とう》』の名前は台湾にその呼び方が逆輸入されて付けられたとか」

「詩織ちゃん、よく知ってるね」

「今回で三回目です。実理科さん、台湾は初めてですか？」

実理科は頷いた。

詩織は、実理科の体調を心配し、台北行きを止めた。だが、どうしても行くと決めた実理科に折れて、それならば自分もと同行することになった。用意周到にパスポートも携帯していた。

「実理科さん、台北に着いたら大地さんに連絡しなきゃ、ですね」

店で入っている予約をどうにか捌《さば》いて、大地も台北に行くと言った。

——僕は、台湾の鈴さんのところには遊びに行ったことがあるし、それに輝の動きが気になりすぎる。なんか悪い予感がする。

背後で、着陸態勢に入るというアナウンスが流れた。

機体が揺れて、機内の明かりが一瞬真っ暗になった。足元の底から鈍い振動と共に、大きな音が聞こえた。いよいよ桃園《とうえん》国際空港へ到着する。

2

——そうね。大地と色々話したの。よかったよ。輝も大地とだけはずっと連絡とってるから。ええ？　大地も台北行くの。あんがー。運命の日がいつだと言ってたかって？　いやいや酔っ払ってる時ん話やからね。やっぱり考えたけど、酔っ払いの戯言やんて思うさ。輝はもう十代の頃みたいに、夢も見ないて話してたし。そうね、運命の日……。輝はいつとは話してなかったけど、よく見たら、壁カレンダーの六月十八日に星印が書き込んであるんさ。わんは書いてないから、これは輝が書いたんかと。

鈴さんは、台北にもう十年ぐらい住んどるんさ。陳さんと再婚してね。娘のひかりちゃんも何年か前に結婚して、今は小さい子供もいてさ、もうすぐ二人目が生まれるから、会いに行かなきゃならんと言ってたからさ。

輝は鈴さんたちと一緒に住んでたこともあってすごく仲いいんよ。わんは全然交流ないんだけど、輝宛てにポストカードが送られてきたことがあったから探しておいた。住所は新北市《シンペイ》淡水《たんすい》。でもこれ五、六年前のだし、まだ同じ住所かどうかは。とにかくあとで写メを送るよ。メールって台湾に送れるんかな。家は大きい屋敷だって、輝が言うとったと思うけど。

本当に行くの？　内地より近いけど、でも外国だからパスポートいるよ。まあ行くぬいうんは止められないし、輝も皆んなと会ったら嬉しいだろうから、喜ぶけどさ。しかし皆んな、ただ台湾に行きたいだけなんじゃないの。輝に会わなくちゃいけない、なんて口実にしてさ。いいとこらしいけどね。旦那さんは何やってる人かって？　確かご主人は税理士さんだったと思うよ。貿易会社の、だったかな。

輝が沖縄時代、鈴の家に身を寄せていたのは、両親を亡くした後の二〇一〇年から二年間ほどだ。その後おばの鈴は、仕事で宮古島を訪れていた陳俊宏《チエン・ジュンホン》氏と出会い、結婚する。

翌年には、一人娘のひかりと共に台湾へと渡った。チェン氏については、名前で検索すると、確かに台北の『華夏《かか》貿易有限会社』という会社の役員の中にその名前を見つけることができた。だが、その検索履歴には、他の何名も同姓同名者を見つけることができたのも事実だった。陳俊宏という名の歌手もいれば、選挙で強い味方になりますという、選挙コーディネーターをうたう弁護士、学校の先生や博物館の館長の名でもあった。

台湾には、なんと同姓同名の多いことだろうと実理科は首を傾げた。ひとまず、リチャードが話していた、陳俊宏という名の税理士としては、検索結果で確認できたのは一人だけだ。

リチャードから送られた写メにある、ポストカードの日付は七年前の五月。果たして今もチェン一家はそこに住んでいるだろうか。行ったことのある大地が到着すると心強いが、大地とて訪ねたのは三年ほど前だという。

近未来的で、鋭い輝きを放っている桃園空港に圧倒されながら、入国審査、税関をスムーズに通過した。

到着ゲートを潜り抜け、レンタルワイファイを手に入れると、メトロに乗車してまずは台北駅へと向かう。

台北市はインフラが整備されていて、メトロも広範囲に繋がっており、淡水へも電車で行ける。このまま四十分ほどで淡水へと到着するのなら、今日のうちに、家だけでも確認したい。

このまま淡水へ行ってみようと実理科は主張したが、詩織に止められた。

「治安が悪いとは言いませんが、やはり女二人でウロウロするより、明日、メタリカさんと合流して、それからにしましょう。十八日まで、十分に時間はありますす」

那覇空港で一旦別れたメタリカと、明日の午前中にはこっちで合流することになっている。

メタリカから送られてきた、チェン家の写真をチェックした。クリーム色の煉瓦塀、上からのぞく木々の緑は勝手に平和で幸せそうな家族を想像してしまう。だが確かに、見知らぬ土地で無闇な行動は控えた方がいい。実理科はすぐに引き下がった。

ましてや、言葉も通じない場所だ。ユニクロや無印、スタバにチェーン居酒屋など日本で馴染みのある店を目にして親近感は高いものの、耳に入ってくる中国語や台湾言葉はまったく理解できないのである。

台北駅に到着すると、時刻はすでに午後五時を過ぎようとしていた。

「薄暗くなってきましたね。こっちです、こっちの出口が近いですね」

スマホを握りながら、詩織が案内する。

現地コーディネーターのような詩織は、こざっぱりしたチノパンとナイロンパーカーを着用している。那覇空港の無印良品で手に入れた。元々沖縄で一泊ほどの予定だったので着替えが足りなかったからだ。

ホテルにチェックインした頃にはすっかり夜のネオンが街を彩っていた。改めて、人様のお宅を訪問するような時間帯ではないなと、実理科は思い直した。

3

夜の台北へと繰り出した。

大通りからファー・インジェイ（華陰街）という、狭いローカルストリートを歩いた。昼は問屋街だというそこは、今はその活気を行燈《あんどん》の下に集め、にぎわいや雰囲気は上野《うえの》のアメ横のようだ。

すぐに詩織が指定した牛肉麵《めん》の店に入った。

「ここのルーローハンと乾意麵《ガンイーミエン》は最高らしいです」

「らしい、ってことは食べたことはないの？」

実理科が聞くと詩織は肩をすくめてからスマホの画面をかざした。

「だってグーグル先生がここ数年で二百人以上から、四・五の星を集めているんですよ。一応チェックしておきたいじゃないですか」

食べたことがないものを食したいという。よく考えれば詩織も料理家なのだ。

実理科はおすすめというルーローハンと豚足スープを、詩織は牛肉麵と乾意麵を注文した。

ルーローハンは噂に違わず、豚の脂身と八角の香りが絶妙な炊き込みご飯になっていて美味しい。一緒に頼んだ豚足スープのさっぱりした味とも合っている。

啓太もこのルーローハンを食べただろうかと、ふと箸を止めた。

実理科が啓太と一緒に食事をしたのはわずかな回数だが、一緒に行ったバーで出された豚の角煮を美味しそうに食べていた。ルーローハンは、きっと好物に違いない。

後半にはおすすめされた食べ方も試してみた。魚醬《ぎょしょう》に唐辛子を混ぜたスパイスを三分の一ほどになった飯の上に載せるのである。それが見事な味変を成功させていて、実理科と詩織は一口食べた後、碗《わん》から顔を上げて目を合わせた。

乾意麵は、小麦粉と卵で作られたちぢれ麵で、台南《たいなん》出身の安藤百福《あんどうももふく》さんが、これにヒントを得てカップヌードルを作ったのではないかという麵なんすよ。と、食べながら詩織が、まるで自分の功績のように自慢した。

詩織は料理が運ばれてくるたびにスマホで写真を撮っていた。スリムな体のどこにこんな食欲と行き場があるのかと思うくらい、詩織はよく食べた。

「さすが料理家の端くれですね」

「端くれは余計です。料理家」

デザートは別の店で三色豆花《サンショク・トーハ》という、伝統的な豆乳スイーツを頂くことにした。

「詩織ちゃん、どんな経緯で八重子さんのアシスタントになったのでしたっけ？」

スマホ片手に店内の様子や、メニュー表さえも熱心に撮っている詩織に訊《たず》ねた。

詩織はふと、時間を失ったように動きを止めた。数秒間、視線を下に落としてから、実理科を見つめ返した。

「私、小さい頃から、殺すことが好きで」

実理科は口に含んだジャスミンティーを思わず吹き出しそうになった。

「今、なんて言いました？」

口の端をペーパーナプキンで拭きながら聞き返した。

「実理科さん、命って、大切だと思いますよね？」

詩織は大真面目な顔で言う。

「も、もちろん」

「地球上にある命。そこに優劣、あると思いますか？」

優劣？

そんなものないわよ、と言いたいけれど、さっき食べた牛肉麺や豚足は紛れもない命だったわけで……。

唐突な詩織の質問に戸惑いながらも、口を開いた。

「……ありますね」

詩織は実理科の言葉を聞いて、皮肉っぽい笑みを浮かべた。

「この世では弱肉強食で、弱いものは強いものに淘汰《とうた》されますよね。命のヒエラルキーで、自分がどの位置にいるのか確かめたいのかわかんないんですけど、小さい時は殺生すると何か安心感があったんです。死を見て、自分の命を感じるというか。なんか、変な感じなんですけど、あの頃はバッタとかトカゲとかアリとか、虫を殺してスッキリしていました」

詩織はメニュー表を指差してオーダーしたあと、そのまま動きを止めて、淡々と話を続ける。

「中学や高校に上がってからも、犬や猫を殺すようなことはなかったけど、流行り出したジビエには興味がありました。母親は気味悪がっていました。彼女の理解の範疇《はんちゅう》を超えていたんでしょうね」

物心ついてからは、カエルや釣った魚を捌いて命を感じていたという。

高校生の時に、母親の知人の勧めで受講したのが、八重子の環境料理の講座だった。

講座後、知人に八重子を紹介された時、母は詩織を横に訴えた。「この子の将来が不安でたまらないんです」と。

「不必要な殺生ばかりしていたわけではないです。確かに、人と違って普通じゃないかもしれませんが、命の大切さを私はわかっているつもりです。私に言わせれば、肉を食べ、子牛の革やハラコのバッグを持っている大人に言われたくない、という感じでしたけど。でもそれを聞いた八重子さん、母の言葉を笑い飛ばしてくれて。じゃあ学校を卒業して、やりたいことが見つからなかったら、うちに来たらいい、って言ってくれたんです」

八重子らしいな、と思った。

人と違う、ということを肯定する人だった。違う何かは、掬い上げなくてはならない何かだと言った。そんな八重子だから、詩織の母の言葉を笑い飛ばしたのだろう。

「色々あって、八重子さんのお手伝いをするようになったのが三年前です」

テーブルに豆腐のデザートが並んだ。

「今は八重子さんのおかげで、こうやって開き直っています。でも、親にも嫌われているし、きっと友達にだって気味悪がられるだろうと思って、人に話したことはありませんけどね」

自嘲《じちょう》気味な笑みを浮かべた。

完全無敵に仕事をこなしているように見えた詩織も、そんな思いを抱えていたのか。実理科は小さな驚きを隠せずに目を瞬かせた。

「八重子さんが、唯一の理解者だったんです」

詩織は、豆花が盛られた琥珀《こはく》色のガラス器を、焦点の合わない目で見つめた。

「でも何より八重子さんは、実理科さんの最大の理解者でした」

視線をあげて、実理科の目を見る。

小さい頃からそうだった。八重子は否定しなかった。どんなに実理科が不器用な性格で、敏感すぎて友人に心を閉ざした時も、周りが見えなくなる程にこだわりを持って、頑固に走ってしまった時も、八重子は肯定してくれた。

だから自分は今、こうして立つことができるのだろう。

「私の知っている八重子さんは、どんな時も実理科さんを心配していました。親からは、嫌われている以上に興味すら失われている私には、その感じが羨ましかった」

詩織はスプーンを摑み、豆花を口に放り込んだ。

「美味しい」

実理科も一口食し、頬を緩める。

抑えられた甘みと、優しい食感に癒される。

「それで実理科さん、啓太さんと会って、実理科さん自身はどうしたいんですか？」

どう、したいのだろう？　詩織の言葉を反芻《はんすう》し、実理科は自問自答する。

そしてすぐに、その答えに導かれた気がした。

「私ね、啓太が好きなんです」

秀之の顔が頭に蘇《よみがえ》る。

詩織はぷっと吹き出して「そんなこと、わかってますよ」と言った。

「啓太を、守りたいと思っています」

今まで、自分のことだけに囚《とら》われてきた。自分自身とずっとうまく付き合えなくて、周りがまるで見えていなかった。自分よがりに勝手にしんどい思いをしていたのだ。

守られて当然の中で生きてきた。これからは、自分が抱きしめ返す番だと思う。本当は秀之にだって、八重子にだって。

「守ってあげたい」

実理科の言葉に詩織は目尻を下げ、「歌のタイトルですか」と笑った。

「違うわよ。真剣に、守ってあげたいと思っているの。その……、迷惑でなければ、ってことですけど」

「実理科さん、変わりましたね」

詩織は実理科の顔を覗き込んだ。

「東京で接していたあの実理科さんの、どこにそんな考えと、こんな行動力が隠れていたんだろう、って。八重子さんも感動していると思います」

「詩織ちゃん……」

「八重子さんと啓太さんの関係もわかったことですし、あとは意味のわからない『運命の日』さえ回避できればいいわけですもんね」

啓太さんと明日、無事に会えたら、連絡しなきゃいけないところがたくさんありますね、と詩織はスマホのメモ機能を表示させている。

「私ね、実理科さんのそういう、KYなのに強いとこ、好きですよ」

「え。誰が強いの？　いや、KYって何よ。空気読めていないって、私のことですか」

実理科の言葉に「いやいやいや、口数が多くなったところも変わったし」と詩織は笑う。

騒がしい店の中で、なぜか実理科の目頭は熱くなり、目の前のデザートもテーブルも、何もかも放り出して詩織に抱きつきそうな気持ちになったが堪えた。

「とまあ、そう天国で八重子さんが言っていると思います。弱いと淘汰されて、私に殺されてしまいますから」

4

翌朝、ホテルのロビーで無事にメタリカと合流し、メトロ台北駅へと向かった。

本当に、いよいよ今日は啓太に会える日だ。

晴天、とはいかず、空には泣き出しそうな重たい雲が広がっている。蒸し暑さに顔を顰めた。

「めっちゃ汗かいてるわ。すでに結構暑い。夏っすね」

Tシャツに短パン姿のメタリカは、露出するとタトゥも目について、現地のギャングみたいに見える。思わずスマホで写真を撮ってしまった。いいスタイリング資料になるかもしれないと、つい手が動く。

「街への馴染み方が半端ないですね。メタリカさんは」

そういう詩織も、タンクトップに袖を捲った麻シャツを上着代わりに羽織り、サファリハットを首にかけていて旅慣れた服装だ。いつの間にこんな小物まで手に入れている。仕事が早い。

「大地さん、空港から直接行くんですって」

詩織がメタリカに言った。

大地との連絡窓口が、なぜだかいつの間にか詩織になっている。

昨夜の大地からのメールで、リチャードが送ってきたポストカードの住所と、かつて大地が訪ねた鈴の住所が同じであることは確認された。

大地は今日の午前中に桃園空港に到着する。大地のおかげで、あらかじめ鈴に実理科たちの訪問を伝えることができたようだ。輝が一昨日に、無事に到着していることも確認済みだという。

鼻の上に水滴を感じた。雨だ。三人は雨粒を避けるように、足早にメトロへと続く階段を下りた。

日本でいうパスモのような、ヨーヨーカードを差し込んで改札を抜けた。台湾のインフラは日本のそれと同じように、きれいで便利で、整然としている。四十分後、淡水駅に到着した。列車も駅も未来的で、鮮やかなピンク色の改札を抜けると、そこは大勢の人で賑わっていた。

「勝手に田舎っぽいのを想像してたけど、やっぱ人気観光地なんやなあ」

「あれだからじゃないですか」

詩織はあちこちに張り出されているポスターのひとつを指差した。

『SDGs FOOD & JAZZ FESTIVAL '23』

食欲をそそられる台湾フードと、トランペットやギター演奏者が写っている。ミュージシャンとして興味をそそられたのか、メタリカが素早くスマホのアプリで、ポスターの概要文字を日本語に訳した。

「へえ。結構メジャーなトリオとかも来るんや。今日の午後にオープニングセレモニーやって」

煉瓦造りの通路を抜け、三人はバスターミナルへと足を進める。

朝にぱらついていた雨はすっかりなりを潜めていた。まばらに広がる雲間から、きれいな青色が顔を覗かせている。

バスに乗り込み、チェン家の最寄り停留所である「郵便局前」で下車した。

メタリカの案内に従い歩を進めると、クリーム色の煉瓦塀が見えてきた。

門扉の前に立ち、実理科は右手を胸に当てた。息を吐いて、呼吸を整える。

──ゆっくりでええねん、実理科。肩開いて、息吸って、ゆっくり吐いて……。

とうとうチェン家に到着したのだ。ようやくここまで来た。

「なんか、緊張します」

あえて口に出して、緊張感をほぐそうとする。

名護のバスターミナルでもこんな風に緊張していたな、と名護の風景が頭をよぎった。

ここに啓太がいる。いや、輝が。ええい、どっちでもいい。ようやく会えるのだ。東京で啓太を追い始め、大阪、福岡、沖縄とやってきた。今は思いもしなかった、台湾の地に立っている。しかも、那覇で大地からもたらされた過去の真実から数えると、その時間と距離は計り知れない、膨大な実理科の宇宙だ。

心臓の鼓動《こどう》が、激しさを増してきた。喉が詰まったようになり唾《つば》を飲み込む。

実理科は両脇の、メタリカと詩織の顔を見て一度頷き、インターホンに触れた。

数秒後、スピーカーから女性の「はい」という声が聞こえた。

「突然失礼します。日本から来ました、祭と申します」

声がうわずって震えそうになる。

ガザガザと雑音が聞こえた後、「どうぞ、お入りください」と、カタコトの日本語が聞こえてきた。おそらく、鈴でもひかりでもない。

開錠の音と共に門扉が開かれ、数メートルある石畳のアプローチを玄関へと進んだ。

車椅子に座った、控えめな笑顔の女性に迎えられた。

「遠いところからようこそ。大地くんから電話で聞きました。あなたが実理科さんね。大きくなられて」

鈴は実理科を眩しい目で見ると、大輪の花が咲いたような笑顔になった。

「昔、輝が渡米した時の写真や映像を、死んだ兄から見せられていましたから。不躾《ぶしつけ》にごめんなさい」

実理科もつられて笑顔になり、鈴の顔に見入ってしまう。

啓太の顔立ちは、確実に父方のＤＮＡが強いと思わざるを得ない。鈴は啓太の面影にとても似ていた。

実理科はその場で簡単に、メタリカと詩織を紹介した。メタリカはおもむろに玄関の正面の絵を指差す。

「これは鈴木、いえ、輝くんの絵ですよね？」

青が基調の幾何学模様の絵だ。

「そうです。それは輝が以前、滞在した時に描いた絵です。私の亡くなった父、つまり輝の祖父は画家でしたから。色遣いなんかは似たところがありますね」

実理科は、その青を見ながら、啓太と一緒に見たダリの『運命の輪』のリトグラフを思い出していた。

廊下を抜けて、見渡しのいい大きなリビングルームへと通された。光が溢れるステンドグラスのドアが見え、家政婦がその扉を開けた。

眩しい外光が暗い廊下を照らす。車椅子の鈴が続き、実理科もそのドアを抜けた。


庭を望む大きな窓。広いリビングを占めているのは、スモーキーグリーンの革のソファで、手前には大理石調のダイニングテーブルと、背もたれの高いダイニングチェアが六脚向かい合っている。

全員がダイニングテーブルについた。

鈴と向かい合わせで、メタリカと詩織、実理科が着席した。あれ？　とまた悪い予感が頭をかすめた。

啓太の姿が見当たらない——。

「あの、輝くんは今どちらに？」

メタリカが口火を切った。

「ごめんなさい。輝は今、娘と孫の付き添いで、ジャズフェスティバルの会場に」

鈴が申し訳なさそうに言った。

名護バスターミナルで遭遇《そうぐう》したパターンの再来だ。残念な気持ちが表に出ないように、実理科は鈴がわからないほどに、静かにゆっくりと、大きく息を吐いた。横で詩織が実理科の背中に手を添えた。

気を取り直さなければ。

「オープニングセレモニーに市長が来るので、孫の美玲《みれい》が花束を渡す役を任されることになって」

晴れがましいことなのに、なぜか声色は沈んでいる。

鈴の視線の先には、さまざまな形の写真立てが並んでいた。壁にかけられた金色の額には、幼いけれどしっかりとカメラを見つめる女の子。この子が美玲だろう。

「少し垂れた目元が、鈴木くんに似てる気がするわ」

「輝おじさん、ですね。美玲ちゃんかわいい」

実理科は言った。

目の前のグリーンのソファの上で、啓太が幼い美玲を膝に乗せ、あやしている姿が目に浮かぶ。

「フェスティバル会場はどちらなんですか？」

メタリカが聞いた。

「し、新北の駅前にあるアウトレットモールの広場です」

気のせいか、今度は鈴の声がうわずったように聞こえた。

「そんなに遠くないですね。でも、車で二、三十分はかかるのかな」

すでにこのあたりの地理を頭に入れているのか、メタリカが答える。

鈴が一瞬伏せ目になった。調子がよくないのだろうか。

自分たちが突然訪ねてきたからかもしれない。申し訳ない気持ちになりながらも、啓太を待つのはここしかない。実理科は口には出さず、そっと鈴の様子を窺うことにする。

「私も心配で行きたかったのですが、今日は主人も出張なので不在で、娘も臨月ですしね。みんなの手を煩わせられないと、大人しく留守番をすることにしたんです。あと二、三時間で戻りますから」

「しかし美玲ちゃん、すごいなあ。大役ですね」

メタリカの言葉に、鈴は謙遜《けんそん》したように首を振る。

「主人が長く市長の税理士を担当しているご縁でね。孫の美玲に白羽の矢が立ちました」

「あれ。新北市長って、次の総統選挙に出馬される方ですよね？」

詩織が突然閃いたように発言した。

「よくご存じね」

「先月、発表になったってニュースで読みました。私の師匠がＳＤＧｓ関係で、よく台湾のお仕事をしていたので、台湾のニュースにはつい目が行ってしまって」

「未来の台湾総統に花束を贈呈することになるかもしれへんなんて。美玲ちゃん、ええ記念や」

メタリカは、親戚のような調子で喜んだ様子を見せた。

「それで、セレモニーの時間は何時なんですか？」

メタリカの問いに、鈴は落ち着かない様子で、壁にかかっている鳩時計に目をやった。

「三時です。三時にセレモニーがあって、市長とフェスティバル主催者の三友《みつとも》アウトレットモールのCEOが壇上に――」

やはり、鈴の様子はおかしい。額がうっすら汗ばんでいる。

今日は蒸し暑い日だとはいえ、部屋の中は冷房が効いていて快適だ。ともすれば寒いくらいなのに。

「三時やと、あと一時間ちょっとですもんね。見に行きたいと思ったけど無理そうやな」

隣でメタリカが、マイペースに誰にともなく話している。

「鈴さん、大丈夫ですか？　ご体調がすぐれないとか」

実理科は聞いた。

「い、いえ。大丈夫です。ちょっと……」と、鈴は実理科から視線を逸らした。瞬きが多くなり、何かを思案している。

「なんでもないんですが。輝の、今朝――」

「今朝、何か?」

「あの子の、今朝のうわ言がどうにも気に掛かって」

「輝くんが、何か言ったのですね」

鈴は頷いた。

「あの子、昔から朝が弱いので、いつも私が一緒の時は起こしに行くんです。そしたら、眉間にしわ寄せて、――危ない。美玲、下がって。伏せて。早く。ひかり、だめだ……」

「それは、輝くんの、その……」

「ええ。だからまた、夢を見てしまったんじゃないかと」

鈴は思案するように、言葉尻を下げた。

「肩に触れたら、すぐに起きたんです。それでなんの夢を見たのか、って聞いたら寝ぼけたようにしばらくじっとしたままで……」

「それで、なんと?」

「ようやく口を開いたと思ったら、なんでもない。美玲と水鉄砲で遊んでいる夢を見ただけだから心配しないで、って。気にし過ぎだとは思うんですけど。何か不安で」

鈴はその気持ちを打ち消すように口元を引く。

実理科は指先の感覚を確かめるように、自分の腕を摩る。

啓太の「運命の日」という、リチャードに漏らした予言と繫がっているのだろうか。

その日は六月十八日。今から一週間後だ。ひょっとして何か間違いが――。

リビングに、インターホンの音が響いた。

5

「鈴おばさん、俺、輝は隠していると思う」

アロハシャツ姿の大地が言った。

遅れてやってきた大地は、ひとしきり鈴との再会を懐かしんだ後、すぐに輝の話に切り込んだ。

「俺、ずっと考えていたんだ。輝がなんで東京に、わざわざ実理科ちゃんの前に現れたのか。福岡の日奈子ちゃんの墓参りに、命日でもないのにどうして行ったのか。宮古の両親の墓参りもそうだし、俺んとこに伸びてもない髪の毛切りにきたことも。あいつ――。やっぱり、自分の『運命の日』を悟ったんだ。最後になるかもしれないその日がわかって、確認しに行っていたんだよ」

「確認?」

実理科は言った。

「ああ。確認だと思う。きっと実理科ちゃんに会いに行ったのも、実理科ちゃんの未来に不穏なことがないか確認したんだ。もちろん、一度はきちんと会いたかったんだと思うよ。なんせ俺たちは、ずっと日陰の身だったしね。結局、秀之先生との約束を守ったまま、素性は名乗らなかったみたいだけど」

「約束って、素性を隠す、ってことですか？」

詩織が口を挟んだ。

「結局、実理科ちゃんは那覇で僕を訪ねてきたことで、思い出させてしまったけどね」

「大地さんは、思い出さなかった方が良かったと思うんですか？」

詩織の言葉に、大地はややあって答えた。

「そう言われると複雑だな。確かに約束はしていたけど、本心では記憶を取り戻して欲しかったかもしれない。色んな意味で、カリフォルニアでのことは、輝と僕の宝物のような時間だったから。でも――」

大地は思案顔で続ける。

「やはり自分の能力を思い出すと、実理科ちゃんが生きづらくならないだろうかと、考えてしまう。異才を持つ人間は、社会に馴染みづらいから」

「違います」

実理科は遮るように言った。

「わからない方が辛いです。私は今まで、自分のことなのに自分が扱いづらくて、うまく立ち回れなくて、どうしていいかわからなかった。でも、思い出したら、色々と腑に落ちて納得できたんです。……社会に、うまく馴染めるかどうかはわかりませんけど」

大地は実理科を見て、口の端をあげた。

「実理科ちゃん、安心したよ。でも、これを表に積極的に出すということは、とても危険なことだと思うんだ」

「そしたら、どうして実理科さんはテレビ番組なんかに出演させられたんですかね」

メタリカが言った。

「あれはショウだったからね。エンタメ番組。僕も幼かったから、当時の事情はよくわからないけれど、おそらく秀之先生が出演を決意したのは、研究自体の認知普及と、スポンサーを探すこと。いつだって、研究には金がかかる」

大地が過去をたぐるように、遠い目をした。

「輝は、ああいう家系に生まれたからしようがなかった……。こんな言い方は良くないんだけど」

ごめんなさいと、大地は鈴を見た。

「いいのよ。本当だもの。私や兄は、その兆候がまったくなくて。母は言わなかったけれど、実はがっかりしていたのよ。でも、孫の輝にその兆しが生まれて、期待は全部輝に向いてしまった。その分、あの子にはしんどい思いをさせてしまった」

鈴の顔に、諦めのような表情が浮かぶ。

「ユタのご家系だとおうかがいしました」

実理科が言った。

「ええ。私の祖母が有名なユタでした。視える、つまり『霊視』ができるということでした。

でもそれは――」

鈴は何かを言おうとして、言葉を飲み込んだ。

「でもそれは？」実理科が促した。

「俺が話します」

大地が鈴の言葉を引き継いだ。

「昔、秀之先生と輝、鈴おばさんと一緒に話し合ったことがあるんです。いわゆる俺も輝も、『異常脳』なんじゃないかって」

「どういう意味ですか？」

メタリカが聞いた。

「その言葉だと語弊があるかもしれないけど、脳の稼動領域が多くの人とは異なっているというか。ユタ、つまりシャーマンであった人たちのＩＱや脳を、実際に調べることはできないけど、とにかく通常動作以上に働いているのだと。だから『カミダーリィ』なんかもそうだと思うんだ」

「カミダーリィって？」

詩織が聞く。

「ダーマカンマリと呼ばれる、生まれつき霊能力が強いシャーマン候補の人たちが、ユタやシャーマンになる前に受ける、神からの啓示のこと。その時には、幻を見たり、高熱にうかされたり、夢遊病のようになるとされている。それも脳が、何らかの変化により未知の領域が動き出すのではないかと思うんだ。つまりそれは、能力とも言い換えられるかもしれないけれど――」

実理科は秀之が説明している姿を想像し、目の前の大地と重ねてしまう。

「俺の場合、感受性が鋭く、人が発する『気』にセンサーが敏感だった。これだって、普通の人より、脳の機能が違っている。発達というのか、異常というのか。小さい時は大変だったよ。とにかく人が大勢いる場所が苦手だった。今でもぐったりする。人と目が合わないように、だからいつもサングラス。成長して、随分マシにはなったけど。実理科ちゃんだって同じさ」

大地は今もかけている、薄い色のサングラスを触った。

「実理科ちゃんの場合は、ヒーリングだから、俺と逆で『気』を入れる量より多くのエネルギーを放出しているんじゃないかな。それは俺の見解だけど」

「だから、よく頭痛も起きるんですかね」

詩織が言った。

「うん。そうだと思う。さっき話したように特異体質なんだ」

「例えばアレルギー体質の疾患みたいなもの？」

「そうだね。例えばあれは成長するにつれて、体質が変わり、なくなる人って多いでしょう。だから、俺と実理科ちゃんは成長して薄れていったんだけれど、輝は強いんだ。輝自身は、弱くなったと言っているけど。本当の、あいつの能力がどのくらいなのか。今、力をどんな風に感じているのか。または使っているのかは、俺にはわからない。そこの詳しいことだけは、輝は口にしなかった」

それに、と続けた。

「『予知』の扱いは、とても難しい。予知なんて、それを輝が口にした時点で、未来は変わるんだから。秀之先生の言葉を借りると、それを観測した時点で電子のスピンの向きは変わる。だから、予知は予知じゃないし、ずっと不安定なものなんだ。例えば、自分の予知を聞いた人はどう動く？　予知の言葉に惑わされて、それを知らなかった時の行動とは、きっと違ってしまうだろう」

良い未来を語られた人は、それに安心して、そこに胡座《あぐら》をかくような行動を取る。酷《ひど》い未来を語られた人は、それを回避するように行動する。すなわち、何を伝えたとしても、輝がそのことを口にした時点で未来は変わる。

「鈴おばさん、輝たちは何時に帰ってくるんでしたっけ？」

大地が聞いた。

「セレモニーが三時からだから、終わって皆さんにご挨拶しても四時半か五時には戻ってくるんじゃないかしら」

答えている鈴が、今朝のことを思い出したのか、顔を曇らせた。

「そういえば、うわ言がなんとかって」

大地の問いに、実理科が鈴に代わって、今朝の輝の様子を説明した。

「なんか、気になるな」

聞き終わった大地が言う。皆、同じことを考えていた。

「リチャードに聞いたカレンダーの丸は十八日だったんだよね」

「ええ。リチャードさんが、十八日んとこに星印が書いてあったと」

メタリカが言った。

「星印が書いてあったんだね？」

大地は繰り返した。そして少し考えた後、「ちょっとおじさんに電話してみる」と、スマホを握り立ち上がると、ダイニングテーブルから離れてソファのスツールへと腰掛けた。

——うんうん。無事に着いたんさ。みんなも先にちゃんと着いとったしね。それでさ、おじさん、輝が印つけとったカレンダーの写メ、面倒かけいけど送ってくれん？

時刻は二時二十八分。

しばらくして、大地のスマホにチャリンと着信音らしき音が鳴った。液晶画面をチェックする大地。「やっぱり」と言いながら、ダイニングテーブルへと戻ってきた。テーブルの真ん中にスマホを置く。

大地が実理科を見た。

「運命の日は、今日だ。十八日じゃなくて、十一日。今日なんだよ！」

三十分を告げる鳩《はと》時計が一度だけ鳴いた。

6

チェン家の車を借り、新北駅前にある会場のモールに向かっている。

大地がハンドルを握り、助手席に実理科、後部座席に詩織とメタリカが乗り込んだ。

時刻は二時三十分を三分過ぎたところだ。チェン家から会場まではおおよそ二十分。正直、セレモニーが始まる時間に間に合うとは思えない。だが今日がその運命の日ならば、じっと輝たちの帰りを待つという選択肢はなくなっていた。

——輝は日付の下に印をつけたんだ。無意識に書いたんだろうけど。絵を描いた後の作品へのサインみたいに。

実理科は息を詰めた。そんなバカな勘違いがある？「え」と、口にした途端動悸《どうき》が激しくなり、思わず胸に手を当てた。指先は軽く痺れて熱を持っていた。

輝は、酔っ払ってリチャードに漏らした以外は、『運命の日』を誰にも伝えていない。だが、十一日だとわかっていて鈴のところに来たということは、ここで自分に何か起きるだろうと予感したのか。

輝の見た、今日という日の『運命の輪』が、どう廻ろうとしているのかはわからない。

鈴の話では、美玲のセレモニーでの大役のことを、輝はチェン家に到着するまで知らなかったので、大層驚いたという。その後に観たニュース番組で、市長の姿を目の当たりにし、「明日、この人に美玲が花束を渡すんだね」と口にした。

「僕の想像なんだけど、輝の言っていた『運命の日』の出来事が、市長を見たことでより具体的になったんじゃないのかな。だから。輝は今朝、また夢を見てしまった」

大地が言った。

「でも、それだとすると、今日、セレモニー会場で何かある、ってことなんじゃ」

メタリカが言う。

あ。と実理科は声を漏らした。

「運命の日って、ひょっとして鈴木くんのじゃなくて、美玲ちゃんの、ってこと？」

メタリカの言葉に、実理科は後部座席を振り返った。

「実理科ちゃん、また鳴らしてみてくれる？」

大地が助手席の実理科にスマホを渡す。美玲の母親、ひかりの番号をリダイヤルする。

スピーカーにして待つ。やはりコールはするが、応答がない。

「サイレントモードにしてるな」

大地が言う。

「グーグル案内だと、モールまでは後十二分」

メタリカが言った。

「オッケー」と大地が答え、モールに到着した後のことを打ち合わせた。

モールの周りは、車が相当に停滞していることが考えられるので、ある程度の場所まで行った時点で、メタリカと実理科、詩織の三人が先に車を降りてバックステージの美玲ちゃんの元へ向かうことにする。

「大丈夫かな」

窓の外をじっと見ていた詩織がいつになく、弱気な声を出した。

「大丈夫や」

メタリカが、液晶画面を見つめながら言う。

「大丈夫！」

実理科はきっぱりと宣言した。

「たとえ啓太が予知した『運命の日』が今日であっても、それは私たちが台湾に来ることなんて想定していない世界での出来事でしょ。今、啓太を助けようと私たちがこの場所にいて、行動していることで、スピンの向きは変わっているはずだから。運命なんて絶対に変わる！」

実理科は力強く言った。

「イエイ！　絶対大丈夫ですよ」

詩織が不安げな表情から一転、明るい顔で言った。

実理科は、詩織の手を包み込むように力強く握った。

「美玲ちゃんが無事に市長に花束を渡す。何も起こらず、心配していたあれこれは、なんでもなかったって。夜には輝と一緒にバカ笑いしてるさ、きっと」

大地はそう言いながら、ハンドルを叩いた。

「ほんまや。鈴木くんの『運命の日』は古い予知夢。もうすでに俺らには、更新された未来が待ってるはずや」

メタリカも追随した。

鼓舞する気持ちが頂点に達しそうになった時、ようやくモールが見えてきた。

7

三友アウトレットモールは、首都・台北の衛星都市として発展してきた新北市を象徴するような、近代的でファッショナブルなショッピングモールだ。

八年前に日本の大手建設会社Tが施工し、話題となった。大通りに面した広場には、サイン看板が並んだ噴水があり、その前に特設会場のステージが設けられている。

雨上がりの、抜けるような青空の下に、たくさんの人だかりが見えた。

大地がハザードを出して車を停める。実理科とメタリカたちが車から降りた。降車時に少しもたついただけで、後ろからけたたましいクラクションを鳴らされた。混雑のせいで気が立っている人も多い。

時刻は二時五十五分。

「あかん。あと五分で始まる。とにかく行こう」

メタリカの後を詩織と実理科がついていく。行ったところで、何が起きるのか、何ができるのかということは全くわからない。とにかく今は、美玲の、啓太のもとに行くのだという意思だけだ。

鈴の話を聞く限り、啓太自身が確証を持って予知をしたわけではなさそうだった。

老若男女が混じり合った人波を、タトゥの入った太い腕がかき分ける。「すみません」と日本語で言うが、意味は通じているようだ。頭上では、人々の喧騒にサックスジャズの音が混ざり合っている。

かかっていた音楽が、セレモニーの始まる合図のように大きくなった。

ようやくステージの脇辺りに到達した。メタリカが慣れた様に「出入り口はきっとあそこや」と、袖の幕がある場所を小さく指差した。

だがそこにはステージ前の観客とは明らかに雰囲気の違う、スーツ姿の男性が立っていた。耳にイヤホンを差しているのでＳＰだろう。周辺にいる、手ぶらで揃いの黒Ｔシャツ着用者はスタッフだ。メタリカは幕に近づき、一人の若い男性スタッフに話かけたが、内容が通じないようで、怪訝な表情で首を捻られた。日本語なので当たり前かもしれない。

実理科は横から英語で話した。中にいる、花束贈呈の女の子と母親とおじに会いたいと言ったが、目の前の男にはどうも通じていないようだ。

気がつくと、数名の黒いＴシャツ姿が立っていた。メタリカはスマホを取り出して翻訳アプリを立ち上げている。実理科は横に並んだスタッフにもう一度、説明する。一人の若い女性スタッフが大きく頷き、「オーケー、オーケー」と実理科の言葉を理解してくれた。すぐに内容を、横に立つリーダーらしき男性スタッフに通訳したが、彼は難しい顔をして首を横に振った。

「なんでやねん」と、メタリカが鋭い目で言うと、風貌《ふうぼう》も相まって反抗的な態度に捉えられたのか、その場所にいた数名がジリっとメタリカに寄った。

「離してよ」という声が突然聞こえた。いつの間にか後ろにまわっていた詩織が、幕を捲って中に入ろうとしたのを見咎められ、腕を捻り上げられている。

「詩織ちゃん！」と実理科が叫んだのと同時に、「何すんねん」とメタリカがそのスーツ男の腕を摑みにかかる。あっという間に何名ものＳＰがメタリカを押さえ込んだ。実理科も気がつくと、一人のスーツ男性に腕を取られていた。

一瞬のフラッシュバック。暗闇の車から、八重子が腕を摑まれて引き摺《ず》り出される。がっちりとした手、深い節の太い指——。

取られた腕を振り払おうとして、男の顔に持っていたスマホを打ちつけてしまった。カッとなった男に実理科は頭を張られた。その瞬間の衝撃で、目の前が白く弾け飛んだ。何が起きたか分からなかった。

「実理科さん！」と、強い耳鳴りの向こうに詩織の声がして、同時に急に暴れ出した詩織をスタッフが取り押さえている。

後ろ手にされ、地面に膝をつくように押さえられた。視界にはもう知らない人たちの足元しか見えない。汚れたスニーカー、擦れたジーンズの裾《すそ》、黒いスラックスにやけに光った革靴。さらにメタリカが抵抗して暴れたので、事態は緊迫し、後ろ手をきつく取られた。

この状況がどうみても、よくないことだけは確かだ。それにしても、黒服の緊張感といい、スタッフの苦い対応も、フレンドリーな態度で迎えてくれた台湾の人々はどこへ消えたのか。

時間が気になる。体感だともう三時だろう。大きくなった音楽が鳴り止んだ。いよいよセレモニーが始まる。スピーカーからガサガサと雑音が聞こえた後、きれいな女性の声が聞こえた。クリアでスムーズな話し方はおそらく進行役のＭＣだろう。

もう、三時だ。

ああ。なんでこんなことになってしまったのか……。万事休すじゃないか。低頭のまま、首をわずかに横に振ると、視界の端には、同じ体勢のメタリカと詩織がいる。

「もう三時やな。この体勢、いつになったら解放されるんや」

メタリカが言ったと同時に、黒服の足がメタリカの横腹をだまれとでもいうように叩いた。

「ったいな」と悪態をつくメタリカ。

実理科は薄いオレンジ色の地面を見つめて唇を噛んだ。

啓太。

美玲ちゃん、どうかご無事で。啓太の予知が、私たちや啓太の行動で変わりますように。

頭上で、ＭＣの声と重なるように、男たちの会話が続いている。聞き覚えのある男性の声も聞こえる。大地ではない。

数秒後、突然、後ろで押さえられていた手を解放された。両腕を解放された途端、実理科は両手をつき、地面にへたり込んだ。

「大丈夫ですか、実理科さん」

腕を取られながらその声に顔を上げると、そこには見覚えのある人がいた。

「脇田です。わかりますか？」

東京の雅叙園で、啓太を捜してほしいと依頼した張本人が、目の前にいた。

八重子の通夜会場で大泣きに泣き、西川と喧嘩して、葬儀場で火を出した原因を作った男。八重子が、かつて愛したかもしれない男。

前に会った時よりも日焼けした顔で、白い麻のシャツを羽織り、なぜか台湾のショッピングモールに立って、実理科を助け起こそうとしている。

実理科は放心したように、脇田の顔を見つめた。

「びっくりしましたよ。まさかこんなところで揉めているのが実理科さんだなんて。私はこのイベントの関係者なんです。こっちで日本人が何か揉めているので、見に行ってくれと言われてやってきたら」

支えられてなんとか立ち上がり、礼を言った。横ではメタリカと詩織が、Tシャツスタッフに支えられている。

「いつ、こっちにいらっしゃったんですか。実理科さん、あれからどうされたのか知りたくて連絡しようとしていたところですよ」

言いながら「神田さんも、いるじゃないですか」と、詩織を見て言った。

「なんでまたこんなことに」

「すみません、脇田さん」

「謝らないでください。それより、どうしてここに？　お仕事ですか」

実理科は頭を振った。

「鈴木啓太くんを追って、ここまできました。彼が今日、ここにいるんです」

脇田が驚いた顔を見せる。

「何かわかったんですか？」

「ここまでに至った経緯は後ほど。今から市長へ花束贈呈をするチェン・美玲ちゃんが、啓太くんの身内で。とにかく、何か起こるかもしれないんです」

「事件ですか？　まさか彼がここに来たのは――」

そこまで言って脇田は突然口をつぐみ、実理科を真剣な顔で見返した。

耳元で囁く。

「昨日、今日のセレモニーイベントに対して、脅迫メールが主催側に届きました。ですが、この手の嫌がらせメールは今までにもあることらしく。それもあって、今日は警備の人数を増やしているんです」

脇田は険しい顔で、実理科を見た。

「彼がテロか何かに関わっている可能性とか」

「違います。彼は今日、何か起きるのではと予知して、従姉妹たちに付き添ってきているだけで」

「予知？　ですか」

脇田は腑に落ちない顔を見せた。

「でも、それってやはり――」

「違います。断じて。信じてください。それはないです」

実理科は話があらぬ方向へいくのを危惧《きぐ》して訴える。違うのだ。だが今、脇田にこれまでの経緯すべてを話している時間はない。

眉根を寄せて、脇田を見つめる。

「わかりました」

脇田の言葉に、実理科は胸をなでおろす。

「とにかく、もう美玲ちゃんは壇上に上がっていると思いますよ。市長も」

「ありがとうございます」

実理科は、脇田の手を取って感謝した。

会場で拍手が沸いた。脇田は、近くに立っていたＳＰに流暢《りゅうちょう》な中国語で何かを伝え、「じゃあ、どうぞ」と、幕の中へと三人を引き入れてくれた。三人は解放された肩や腕を回し、解《ほぐ》しながら歩く。

「ここからだとよく見えると思います」

ステージ袖にあるステップの下に立ち、首を伸ばした。

既にステージ中央には、恰幅《かっぷく》の良いスーツ姿の壮年男性と、欧米人の男性がマイクを持った

ＭＣの横に立っている。

欧米人男性はアウトレットモールのＣＥＯで、濃紺スーツの壮年男性は市長だろう。ステージ両脇には、薄いサングラスにインカムをつけたＳＰが数メートル下がって立っている。見渡せる限り客席は満杯だ。市長の人気なのか、それともその後に控えているジャズライブなのかは定かではないが、にこやかに手を振った市長は、ＭＣに案内されると右を向いた。

市長の脚越しに、青色のドレスが揺れているのが見えた。

体半分ぐらいの大きな花束を持った小さな女の子は美玲だ。ステージ中央に向かってトコトコと歩いてくる。顔半分は花束で見えないが、そのかわいらしい姿に実理科の顔は綻んだ。

市長が顔を下げ、視線を美玲に合わせる。

次の瞬間、実理科はその向こうに見えた人物に、もっと顔を綻ばせた。

時間が止まる。

白いタンクトップに半袖のダンガリーシャツを羽織っている。胸の前で手を組んで、眩しそうにステージを見つめる、少し垂れた優しい目。舞台袖で回っている、大きなサーキュレーターの風が、ウェーブした髪を揺らした。

啓太だ。意図せず目が潤む。

「鈴木くん！」

メタリカが声を上げた。

「啓太！」

実理科も思わず声を上げた。

二人の声がステージを挟んで、聞こえたかどうかわからなかったが、啓太は確かにこっちを見て頷いた。メタリカと詩織の手が、実理科の肩にまわる。

ああ。とうとう、目の前に啓太が現れた。ようやく、会うことができた。無事な彼の姿を見ることができた。嬉しさのあまり、潤んだ目に視界がぼやける。

「かなさんどーーー」

隣でメタリカが両手をあげて叫ぶ。

啓太が溢れんばかりの笑顔でこちらを見た。

ステージでは、MC女性がしゃがみ込んで美玲にマイクを向けている。

無事に花束は贈呈された。

「よかった」と、実理科は安堵の言葉を口にし、メタリカの手が実理科の肩に優しく乗った。

刹那、ステージ向こうの啓太の表情が一変したのが見えた。

実理科の口は「あ」と開き、そこから目の前の出来事は、すべてスローモーションになった。

啓太は組んでいた手をほどき、頭が前に倒れるようにステージ中央に駆け出す。一歩を大きく踏み出すと、隣に立っていた人たちが、驚愕《きょうがく》の表情で啓太を見た。

SPたちが市長に向かって駆け出す。一人がジャケットの内側のガンホルダーから銃を取り出して啓太を追った。一発の破裂音が耳に響く。

実理科は息をのんだ。肩に乗ったメタリカと詩織の手も瞬間的に硬直した。

一枚の絵のように、一瞬にして空気が固まり、時が止まった。

運命の輪がくるりと回る。

実理科がのんだ息を吐く前に、バン、バ、バンッと破裂音が二回、空に抜けた。

8

眩しいほどの青い空に、くっきりと硬い雲が映し出された。

カメラのフォーカスは、やがてモダンな建築様式の外観を舐《な》めて下がってくると、洗練された服が並ぶ、ブティック街を案内していく。

「二〇二三年六月十一日、午後三時五分を過ぎた時刻のできごとでした」

引っ詰めた髪をポニーテールにした女性が、強いカメラ目線で語り出した。流暢な台湾言葉が繰り出される度に、右端に日本語の字幕が添えられる。

「それまでの過去三年間に世界中を襲った未曾有《みぞう》の感染症、コロナウィルスによる自粛の反動で、四年ぶりの開催となった、『SDGs FOOD & JAZZ FESTIVAL '23』(エスディージーズ フード&ジャズフェスティバル)は、多くの観光客、地元の人々で溢れ返っていました」

映像が、子供を抱く父親やグループの年配女性たち、カップルなど、さまざまな人の顔並みに変わる。

「四年に一度の総統選を控えた前年、当時の政治体制と、自分たちのアイデンティティと境遇に不満を募らせていた青年Xは、改造した爆竹三十発と自作銃を懐にこの場所へ向かいます」

MITSUTOMO OUTLET MALL（ミツトモ　アウトレットモール）のゲート文字がアップになる。その下に、黒に白抜き文字で小さく【一部の誤った英雄視を避けるために、当番組は実名報道を控えます】という字幕が左から右に流れた。

「その後の調べによりますと、Xが最初に自作、改造銃を作ったのは二〇十九年のことで、インターネットでの情報をもとに、自宅で小さなパーツを作ったのが始まりだったといいます」

画面は、写りの悪い写真に切り替わる。

押収されたXの自宅写真だ。

白い壁は、内装がまだ終わっていないように、薄いビニールで覆われている。フローリング床には、金属片やリード線が乱雑に散らばり、テーブルに広げられた新聞紙の上に、万力《まんりき》やペンチなどの工具類が置かれている。小さな金属パイプを黒いビニールテープで束ねたものはそこだけが映り、全容はモザイク処理が施されている。

違う写真には、壁にピンで留められたカレンダーに、政党名とイベントが所々に明記されていた。

「Xは破壊と再生を叫び、新しい台湾の誕生のために、当時の政治を全て破壊するという歪んだ正義に取り憑《つ》かれました」

女性の声の後、本棚をバックに、有識者らしいジャケット姿の白髪男性が映った。

「Xの不幸な生い立ちにおける、当時の政権下における復讐《ふくしゅう》心は、日本でかつてあった元首相襲撃の事件と重なります。だが、事件の根本はまったく別のところにあります。証言から明らかになったのは、彼は政治思想に反発して、銃を模倣し、使用した訳ではありません。彼にとって、銃や爆発物はいわば弱者の武装であり、民主主義における権力の分散化であり、自身の正義であったわけです」

映像が変わる。

何度もニュースで流された、セレモニーのオープニング時の写真になった。

人々の騒《ざわ》めきに被るようにサックスの音が響いている。それらの曲はジョン・コルトレーンのプレイで、かけられたアルバムのタイトルが『至上の愛』だということが、皮肉めいた意味で注目され、SNSで騒がれた。どのメディアも、犯人Xの本名を規制したが、逆にそのことが人々の関心を煽ってしまったという側面は否めなかった。

映像はステージを正面に、やや遠目から捉えている。観客の後頭部や背中が、時には曲に合わせて揺れている姿もある。

そして音楽が突然止む。

クリーム色のジャケット姿は司会進行役の女性だ。マイクを握り中央に立つ。その後の編集された映像は、声だけが会場のもので、写真を挟んでぶつ切りに繋がっていく。笑顔で登場する市長と、顔立ちのくっきりしたアウトレットモールのCEOのアップ。そして別カメラで捉えられた、青いドレスを着たかわいい女の子の笑顔。眉の高さで切り揃えられた前髪の下には、今も面影が残る知的な瞳。当時四歳のチェン・美玲だ。

そこで映像はスローモーションになる。美玲が背丈の半分ほどの大きな花束を抱えて、ステージの中央へと小さな足を進める。

市長はネイビーのジャケットの裾を捌きながら、顔を美玲に合わせるように屈《かが》み、花束を受け取った。立ち上がり、正面に花束を上に掲げる。進行役女性が膝をつき、美玲に何かを問いかけ、マイクを向けた。美玲がそれに応えようと、笑顔で口を開けた瞬間、映像は静止した。

音声だけがその後の会場を伝える。バン、バ、バンッ、と三回の破裂音と共に、投げ出されたマイクが拾う低い打音が鈍く響いた。人々の騒めきが大きく反響し、静止された美玲の笑顔が徐々にクローズアップされた。

画面が切り替わる。

両サイドが黒い、9：16の縦長画面の映像。こちらは、スマホで撮影されたらしき画像だ。こもったような会場のリアルな音声も一緒に始まる。

小さな女の子に屈み、花束を受け取る市長。会場から沸く拍手。熱心に主導するような力強い拍手だ。画面は立ち上がった市長を追う。太い眉が八の字を描き、歯を見せた。抱えた花束を顔の位置まで上げようとしたその時に、市長は目を見開き、助けを求めるように振り返ろうとする。

動いてぶれた画面に、青っぽいシャツと後頭部が映る。髪は長めだが、肩幅がそれなりで男性を思わせる後ろ姿。そこから画面は撮影者の前にはだかる誰かの後頭部が邪魔をしたところで、バン、バ、バンッ、と三回の銃声音が響いた。その直後に乾いた爆竹の爆《は》ぜる音と共に薄い黒煙が立ち上る。

黒煙が出たところで、映像は静止になり、テロップが太字で出る。


――客席から三発の銃弾が、舞台の中央に向けて発射され、直後に爆竹が投げ込まれた――


「銃弾が聞こえるその三秒前に、一人の男性がステージ中央へと駆け出し、佇む、チェン・美玲と女性司会者を客席から庇うように、押し倒したのです」

もう一度、同じスマホ映像が繰り返された。今度は、飛び出した男性の青いシャツの後ろ姿が見える画面で静止した。

「誰もが一瞬、暴漢が突然、市長を襲ったのだと身構えました。ところが男性は市長ではなく、舞台中央のチェン・美玲と司会者に、腕で押さえつけるように覆い被さったのです」

再度流し直される、スマホ映像。再びの銃声音。

また画面の映像が変わる。

舞台全体が映る、正面後方に据えられた固定カメラの画像で、時間は市長が美玲から花束を受け取った瞬間に戻る。

市長が笑顔で花束を受け取り美玲に話しかける。屈んだ体勢を戻しながら、客席に顔を向けたその時、舞台左手から突っ込んでくる男性に気付いた。胸に抱いた花束から少し体を離し背後のＳＰたちを振り返ろうとする。

一秒後、最初の銃声で花束が弾け飛び、次の瞬間に市長の体は見えなくなった。駆け寄る、黒いスーツ姿が両脇から駆け寄ってくると同時に二、三発目の続いた銃弾が響き、そこで、青いシャツの後ろ姿の肩と腕から血が出ているのが見えた。

　固定カメラは、人々の戸惑いと、叫び声、どよめきを伝えてくる。そしてすぐ、今度は軽く弾けた破裂音が連続して跳ねる。カメラに映る全ての人の頭が低く沈む。

「直後、投げ込まれた爆竹が爆ぜ、黒煙が上がります。爆竹はXの共犯と見られる仲間、Yの犯行でした。その後の調べでは、YはXの犯行全てを知り得ておらず、市長の所属政党への反発運動の一環として、協力しただけだと供述しました」

　ステージの数箇所から薄い黒煙が吹き上がる。真ん中に倒れているブルーのシャツの後ろ姿には腕を伝って真っ赤な血が流れている。クリーム色の服の女性は男性を覗き込んでいる。右手から駆け寄ってくる短パンの大男と、小柄な女性が映る。固定カメラの映像はそこで静止された。

　画面が写真に切り替わる。

　弾け飛んだ花束。顔にモザイク処理された、スーツ姿のＳＰたち。母らしき女性に抱き抱えられる美玲。スタッフの腕になだれかかる司会女性。血が飛んだ床に転がったマイク。青いシャツの男の後ろ姿。血が滴っている腕。

　次の写真には、男性の肩口に滲んだ赤い部分に、両手を祈るように当てる女性の姿がアップに映し出された。その腕と、背中をさらに支えるサングラスをかけたアロハシャツの人物も見える。どの人物にも、目の上に太い線が入っている。

――男性は銃声を聞く前に、飛び出した――

「当初の捜査では、客席にいた犯人Xの不審な動作に気づいたブルーシャツの男性が、彼女たちを庇おうと飛び出したのかと思われました。ですが、男性がいたとされるステージ脇から、客席を覗き見ることは不可能でした。彼はXの姿を確認することなく、飛び出したのです。銃弾は、男性の肩口を襲いました。もし彼が庇っていなければ、銃弾は確実に美玲ちゃんの胸を貫いていたでしょう」

フラッシュで、血が滲む青いダンガリーシャツの背中や、そこに両手を当てる女性の写真が大きく出される。駆け寄った大男の、腕のタトゥもぼやけた形でアップになる。図柄はわからない。

「撃たれた男性をXの仲間だと関連付ける記事も出ましたが、警察の声明はそれを否定しました」

――逆再生のような現象――

「Xの銃弾を受け、ステージ中央で倒れた男性の元に駆け寄った女性が、血の滲んだ男性の肩口と腕に両手を当てます。別角度で固定された映像では、逆再生されたように、肩口や腕の血が薄く見えなくなっていったのです」

写真が出血部を庇う女性の手元へとクローズアップされていく。次に前面の固定カメラの映像がその同じ時を映し出す。映像はアップになるたびに荒くなり、薄煙のむこうで、肩口の黒いシミのようなものが小さく消えていくことが確認される。

「その後多くのＳＮＳやユーチューブで考察映像が出回り、さまざまな検証を受けますが、逆再生のように滲んだ血が消えていく現象に明確な答えは出ていません」

次に映し出されたのは、ステージ上に残された血の跡と、煤《すす》で黒くなった花首の残骸《ざんがい》。

「この男性と女性の名前、国籍といった情報に関しては、主催者側も警察も、個人の秘匿事項として、この二十年間、片鱗《へんりん》も明らかにしていません」

映像が、今度は現在のチェン・美玲の写真を映し出す。

幼い時と変わらない、揃えられた前髪の下には、優しい眼差しの奥に、揺るぎない決意を思わせるエネルギーがある。

カメラに向かって、番組進行のポニーテール女性は力強く発言した。

「あの男性がいなければ、今の台湾の若きリーダー、チェン・美玲は誕生していないでしょう」

エピローグ

薄青色の空に、白い雲がたなびいている。

海が運んできた、乾いた風が巻き毛を揺らして顔にかかった。

隣に座る女性が、おかしそうに笑みを浮かべると、その髪を彼の耳にかけてやった。

芝生にあるベンチの前には、四つの影が落ちている。

短髪の薄いサングラスをかけた男性が、突然立ち上がって両手を広げた。おぼつかないながら、その場でくるりと回ってみせる。

ポーズを決めたまま、「かっこいい、って思い出してくれた？」と女性に聞いた。

彼女は首をわずかに傾けた後、「まあね」と言って破顔した。

巻き毛の男性は、ポーズした彼の後ろに広がる、大きな赤い吊り橋を見つめている。

「ゴールデンゲートブリッジって、赤色よね」

女性が言った。

「あれはさ、最初に鋼材の下地に塗られてた赤を、コンサルタントが気に入って採用したんだって」と、サングラス男性が答える。

「色の名前は、インターナショナルオレンジだよ」

巻き毛の男性が言った。

「でも、赤に見えるけどね」

「日本でいう朱色だね。朱赤。東京タワーの色も、同じインターナショナルオレンジだから」

巻き毛男性の言葉に、女性は目を丸くした。

「あれも赤に見えるわ。夜見ると、オレンジだけど」

色は、光がないと見えないからね、光の影響で変わってしまうから、と返答すると、彼はそのまま吊り橋に向かって手を伸ばした。

橋を下から持ち上げるように、手首を揃えて手のひらを上へ向けた。

女性は、それをうまく写真に収めようと、少し下がってスマホをかざして画角を探っている。

サングラスの男性は、「お腹すいたな」と広場の端にあるレストランの方を向いた。ベンチ前の芝生で、懸命に四つ葉のクローバーを探している女性に、「ねえ、詩織ちゃん」と話しかけた。

歩をそっちに進めると、振り返って「輝も実理科ちゃんも、もう行こうよ」と言った。

実理科と呼ばれた女性も、輝と呼ばれた男性もふざけた写真を撮るのに夢中で、まったく聞いていない。

子供も大きくなったこんな年齢で、小さな子供のようにはしゃぐ自分たちがおかしかったのだ。

サングラスの男性はだいぶ離れたところまで進んで、振り返った。

改めて二人の名を呼んだ。

「はあい」

と彼女は返事をした。

「アイム　カミング」

だったかなと、首を傾げた。

希望の光を追い求めれば、運命の道が開かれる。
追わなければ、道は暗闇に消え、可能性の道もまた失われる。

キムラユウゾウ

参考文献

『量子の宇宙でからみあう心たち　超能力研究最前線』　ディーン・ラディン（徳間書店）
『科学は心霊現象をいかにとらえるか』　ブライアン・ジョセフソン（徳間書店）
『心は量子で語れるか』　ロジャー・ペンローズ（講談社　ブルーバックス）
『科学者はなぜ神を信じるのか　コペルニクスからホーキングまで』　三田一郎（講談社　ブルーバックス）
『量子論のすべて　常識をくつがえすミクロの世界の物理学』　Newton別冊（株式会社ニュートンプレス）
『超常現象　科学者たちの挑戦』　ＮＨＫスペシャル取材班（新潮文庫）
『すごい物理学講義』　カルロ・ロヴェッリ（河出文庫）
『世界は「関係」でできている　美しくも過激な量子論』　カルロ・ロヴェッリ（ＮＨＫ出版）
『ホーキング、宇宙を語る　ビッグバンからブラックホールまで』（ハヤカワ文庫ＮＦ）
『進化しすぎた脳　中高生と語る「大脳生理学」の最前線』　池谷裕二（講談社　ブルーバックス）
『ガリレオ・ガリレイ』　青木靖三（岩波新書）
『ギフテッドの光と影　知能が高すぎて生きづらい人たち』　阿部朋美・伊藤和行（朝日新聞出版）
『ギフティッドの子どもたち』　角谷詩織（集英社新書）
『神に追われて　沖縄の憑依民俗学』　谷川健一（河出文庫）

西尾 潤（にしお じゅん）
大阪府生まれ。大阪市立工芸高等学校卒業。2018年に第２回大藪春彦新人賞を受賞し、翌年、受賞作を含む『愚か者の身分』でデビュー。21年『マルチの子』を刊行、第24回大藪春彦賞候補、同作で第４回細谷正充賞受賞。他の著書に『無年金者ちとせの告白』がある。ヘアメイク・スタイリストとしても活動している。

フラワー・チャイルド

2024年11月１日　初版発行

著者／西尾《にしお》 潤《じゅん》

発行者／山下直久

発行／株式会社KADOKAWA
〒102-8177　東京都千代田区富士見2-13-3
電話　0570-002-301（ナビダイヤル）

印刷所／旭印刷株式会社

製本所／本間製本株式会社

●お問い合わせ
https://www.kadokawa.co.jp/（「お問い合わせ」へお進みください）
※内容によっては、お答えできない場合があります。
※サポートは日本国内のみとさせていただきます。
※Japanese text only

定価はカバーに表示してあります。

ISBN 978-4-04-114684-2　C0093